MARIO LEVRERO | CAZA DE CONEJOS
Ilustraciones: SONIA PULIDO

猎 兔

〔乌拉圭〕马里奥·莱夫雷罗 著
〔西〕索尼娅·普利多 绘
施杰 译

人民文学出版社
PEOPLE'S LITERATURE PUBLISHING HOUSE

著作权合同登记号 图字 01-2021-2222

© Text: 1986 heirs of Mario Levrero
© 2012, de las ilustraciones de Sonia Pulido
Caza de conejos was originally published in Spanish by Libros del Zorro Rojo
Translation rights arranged by Agencia Literaria CBQ SL

The simplified Chinese translation rights arranged through Rightol Media
（本书中文简体版权经由锐拓传媒取得 Email: copyright@rightol.com）

图书在版编目（CIP）数据

猎兔／（乌拉圭）马里奥·莱夫雷罗著；（西）索尼娅·普利多绘；施杰译. —— 北京：人民文学出版社，2022
ISBN 978-7-02-015149-3

Ⅰ.①猎… Ⅱ.①马… ②索… ③施… Ⅲ.①短篇小说—乌拉圭—现代 Ⅳ.①I782.45

中国版本图书馆CIP数据核字（2021）第199826号

责任编辑	卜艳冰　郁梦非
装帧设计	钱　珺

出版发行	人民文学出版社
社　　址	北京市朝内大街166号
邮政编码	100705
印　　刷	上海盛通时代印刷有限公司
经　　销	全国新华书店等
字　　数	77千字
开　　本	700毫米×1000毫米　1/16
印　　张	10.5
版　　次	2022年1月北京第1版
印　　次	2022年1月第1次印刷
书　　号	978-7-02-015149-3
定　　价	75.00元

如有印装质量问题，请与本社图书销售中心调换。电话：010-65233595

马里奥·莱夫雷罗 | 猎兔

插图：索尼娅·普利多

PROHIBIDO CAZAR CONEJOS

（禁止猎兔）

献给豪尔赫和伊丽莎白，克劳迪亚、马塞洛和塞西莉亚

为让我们的生活成为一个广阔而灿烂的打猎日,为了规定我们是猎人,必须发明兔子。

何塞·佩德罗·迪亚兹,《人类学练习》

每当我感觉要吐出一只兔子时,我就把两指张开,呈夹子状,放入嘴中,期待暖暖的茸毛如水果味助消化泡腾片一般从喉咙里冒出来。

胡里奥·科塔萨尔,《给巴黎一位小姐的信》[1]

用顶针追寻它,用谨慎追寻它,用餐叉和希望追猎它,用一股铁路股份威胁它的生命,用微笑和肥皂吸引它。

刘易斯·卡罗尔,《猎鲨记》

其实,我宁愿放弃一切争论,坚持老式的立场,宣称鲸是鱼,并且请神圣的约拿来支持我。

赫尔曼·麦尔维尔,《白鲸》[2]

---

[1] 引自《动物寓言集》,人民文学出版社 2011 年 5 月版,李静译。
[2] 引自《白鲸》,上海译文出版社 2007 年 7 月版,曹庸译。

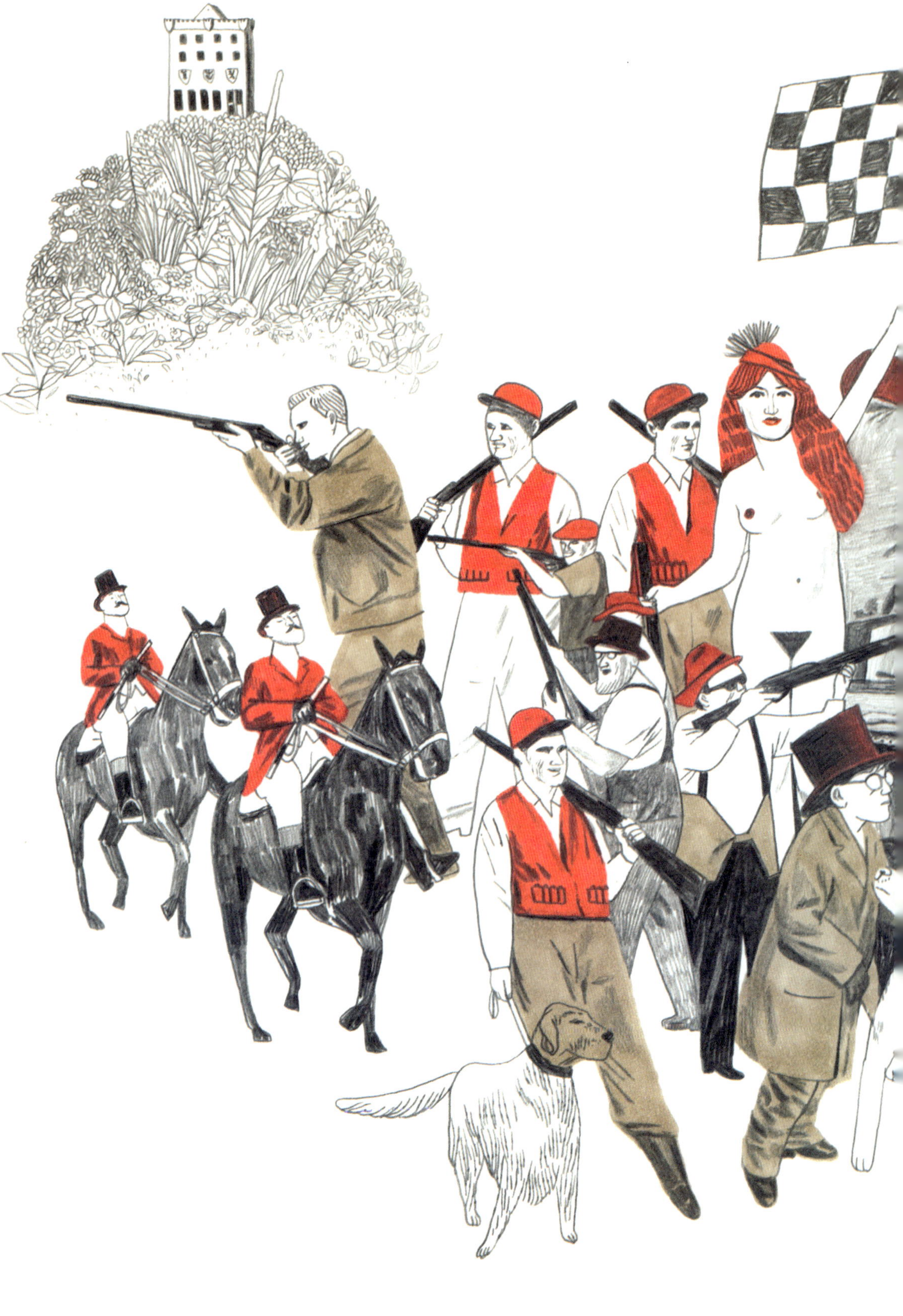

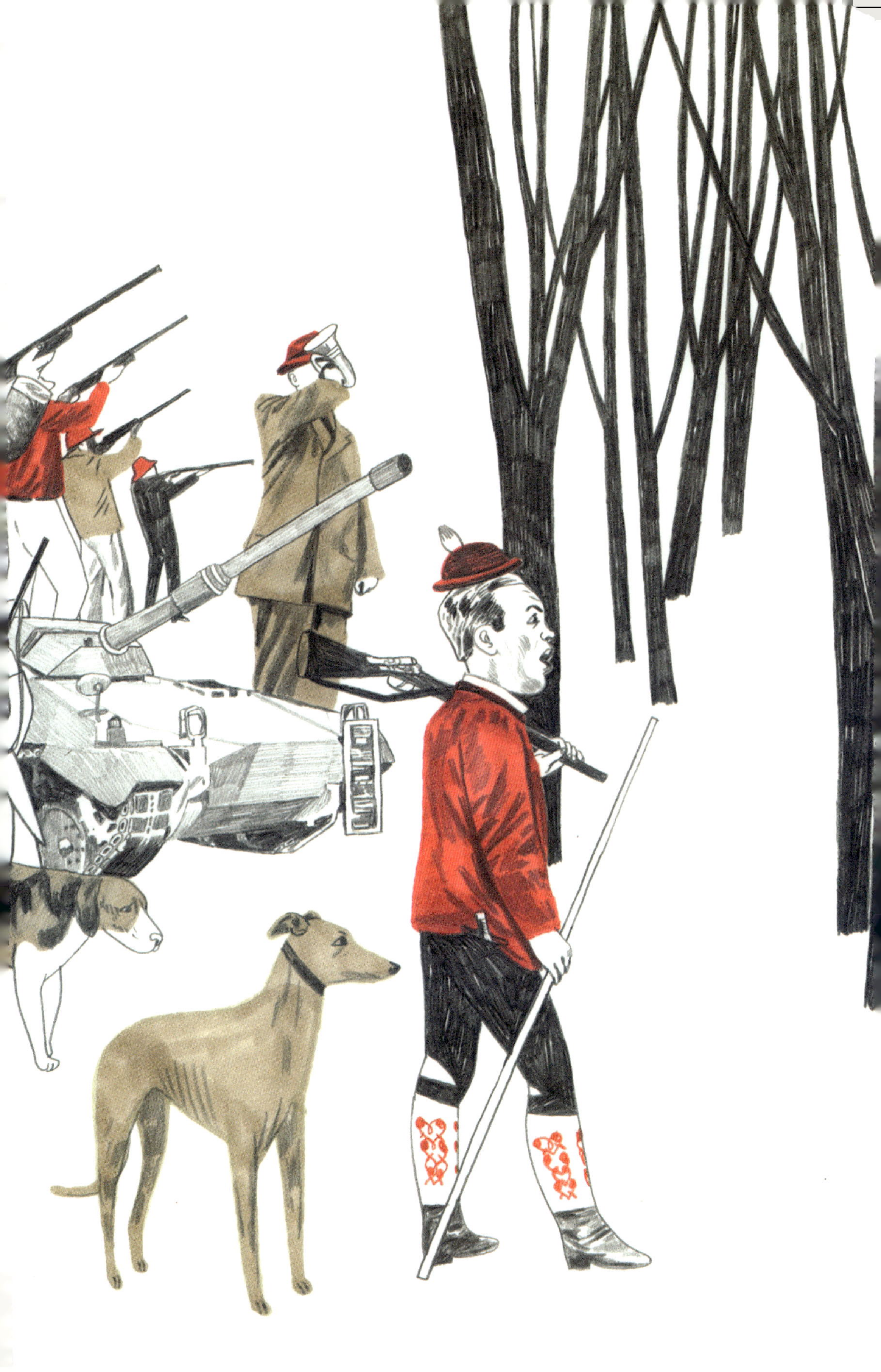

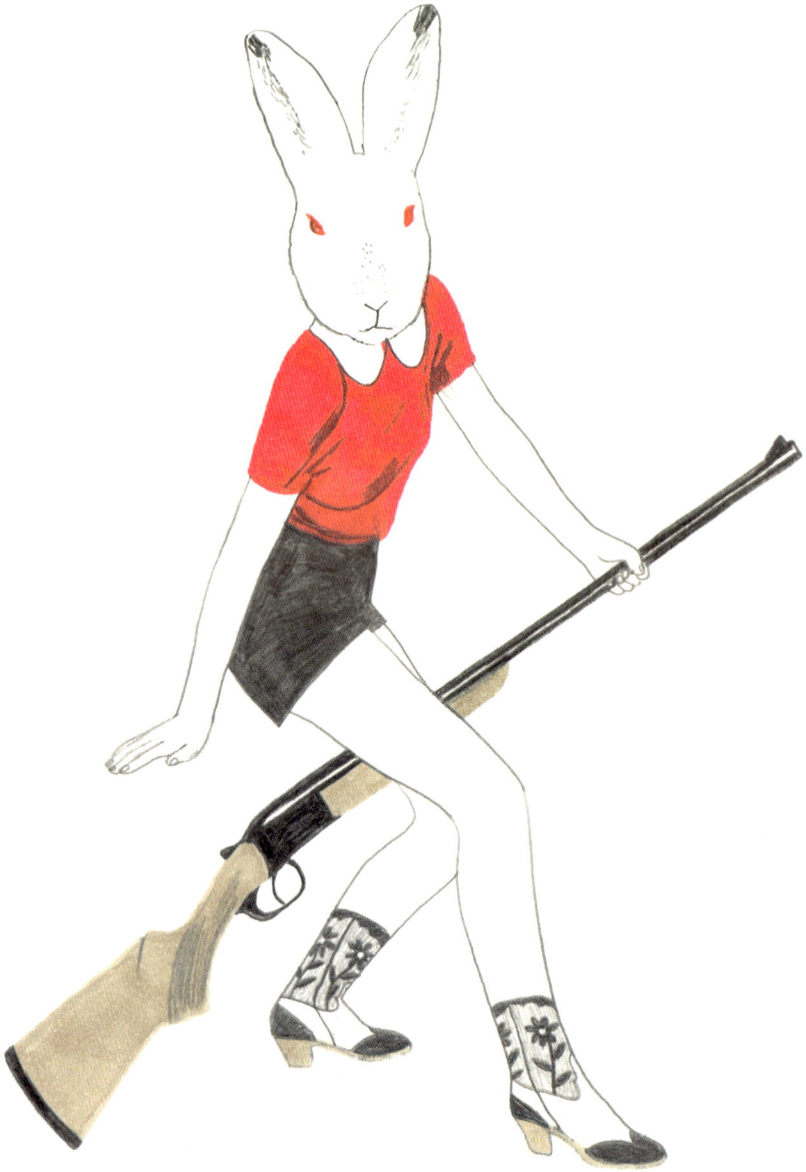

序章

我们去猎兔了。那是一次精心组织的远征,领头的是白痴。我们戴着红帽子,还配了猎枪、匕首、机关枪、大炮和坦克。其他人则空着手。劳拉是光着去的。到了无边无际的大森林里,白痴举起一只手,下令分头行动。我们有一个很完备的计划。所有的细节都预见到了。有单独行动的猎人,也有两人一组、三人一组或十五人一组的。我们有好多人,谁都没想按照命令做。

I

我感觉腿上针扎似的疼。开始我没当回事,想着是野草。但后来,疼愈发重了,又过了一会儿,我又痛又晕,都晃悠着要倒了,就在那一刻——我的视线尚未模糊,我的身体就快在死亡的痉挛中拧成一团了——我看到了那只蜘蛛,它穿着猎人的衣服,戴着红帽子,眼神既淘气又狡猾,正不停地透过它的小小吹箭筒向我发射着小小的毒镖。

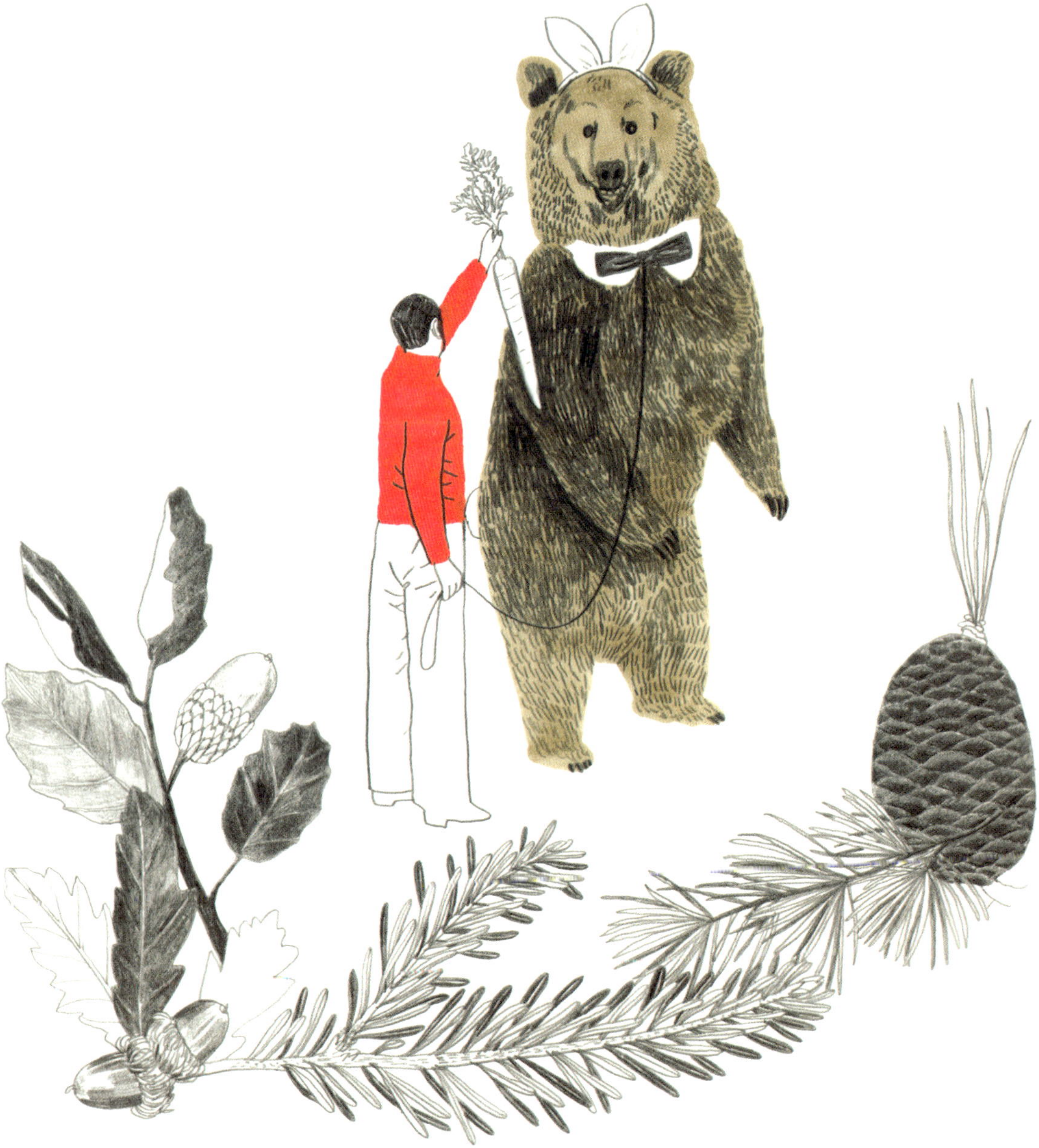

II

我们把驯化了的熊化装成了兔子,它在森林里跳舞,它在森林里蹦跳,它把伪装衣上的白耳朵摇来晃去。可悲的可笑。

III

　　劳拉在草丛里爬着。野草的咯吱让她兴奋，这时一只兔子出现了。她用腿夹住了它。太美妙了，看到那个小小的白色脑袋探了出来，拱着那个同样是白色的屁股。她说她喜欢兔子多过男人，说兔子的毛更软、身体更热。然后假如她把大腿再稍稍夹过劲儿些，那只兔子就将视线模糊，甜蜜地死掉，可爱地，或者甚至还带着些淡然。

IV

我们喜欢烤兔子，但我们最爱的猎物还数护林人。打兔子需要耐心和狡猾，以及用树枝和胡萝卜做的多少有些复杂的陷阱，而护林人呢，就需要用上我们全部的军火了。互射一直持续到了天亮。四十个护林人最终被光着挂到了四十个绞架上。乌鸦啄出了他们的眼睛，鬣狗闻到腐臭的味道，也纷纷赶了过来。护林人的骨骸会在绞架上挂上好几个年头，作为其他护林人以及孩子们的榜样。

V

  不该太过相信老人的智慧。"从前,"一位老护林人告诉我,"世上所有的兔子都生活在这片森林里。这里是猎人的天堂,而在猎人还没到来之前呢,这里就是兔子的天堂。整片森林就是一团白色的、神经质的、毛茸茸软乎乎的、有无数浪尖在起起伏伏的东西(他指的无疑是兔子的耳朵,兔子耳朵是尖的么)。而现在呢,我们就只剩下对兔子的回忆了,你去找吧,再找也发现不了一只的。"然而,虽然它的伪装堪称完美——衣服、眼镜——我还是把它认了出来,我说:"你骗不了我的,兔子。快跑吧,数到十我就开枪了。"那对小心梳往后面的耳朵倏地就竖了起来;圆框眼镜跌到了地上,又落到草丛里,不见了。它慌忙蹦去了树丛里。我数到十,开了枪。

VI

　　当我们打到了足够吃上一千年的兔子，我们用所有写着"禁止猎兔"的木牌子生了堆火，开始烤兔子。

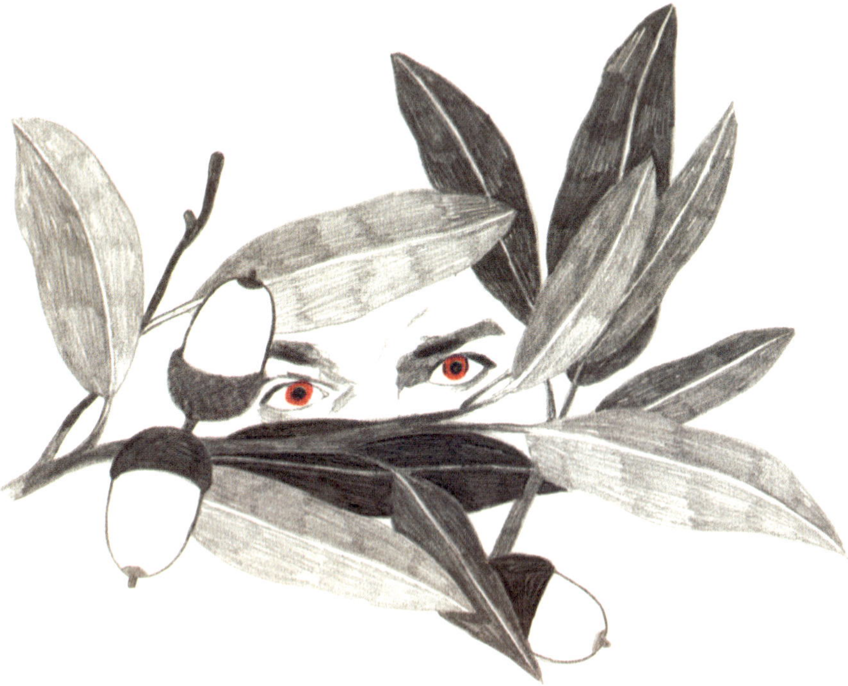

VII

　　有人打兔子，会一刻不停地追击它们，骑个马，倍儿冷酷，从森林里追到森林外，追到尘土飞扬的公路上、广阔的牧场里，甚至追上嶙峋的石山。当兔子终于停下不跑了，得是累疯了，他们就会抄起大棒，一击锤爆它们的头骨。接着他们就会把它吃掉，就这么生吃，带着毛。而我从基因上就注定了要采用别的程序。我会用好几个月辛苦织出一张几乎看不见的蛛丝似的巨网，随后，我会坐下等待，就用树枝微微挡一下。有时又得等上好几个月，才会有一只兔子出现在附近，有时再得等上好几个月，那只兔子才会触网。与此同时呢，我捕获着我并不想捕获的苍蝇、蚊子、胃蝇、黄蜂、老鼠、蛇、犰狳、马、鸟、长颈鹿和海怪。我太累了，得把它们一个个揭下来，再把网破掉的地方补好。这是个劳心费神的活儿，熬夜是常态。我的神经都被这长时间的紧张等待给搞坏了。我的颌骨是紧缩的，我困得要命，却还是擦亮了眼睛、竖起了耳朵，这没完没了的警备，总觉得下一秒就要盯不住了。正是我这种猎兔的方式——我也不会别种办法了——把我变成了疯子。

VIII

当极其偶尔地有哪只兔子掉进了我的网里，它的皮肤会比别的兔子更软，它的头骨分毫未损，它的肉没有被无休止的逃跑所造成的肌肉疲劳所毒害，总而言之，它会是一只活泼欢快的兔子，一位完美的玩伴。

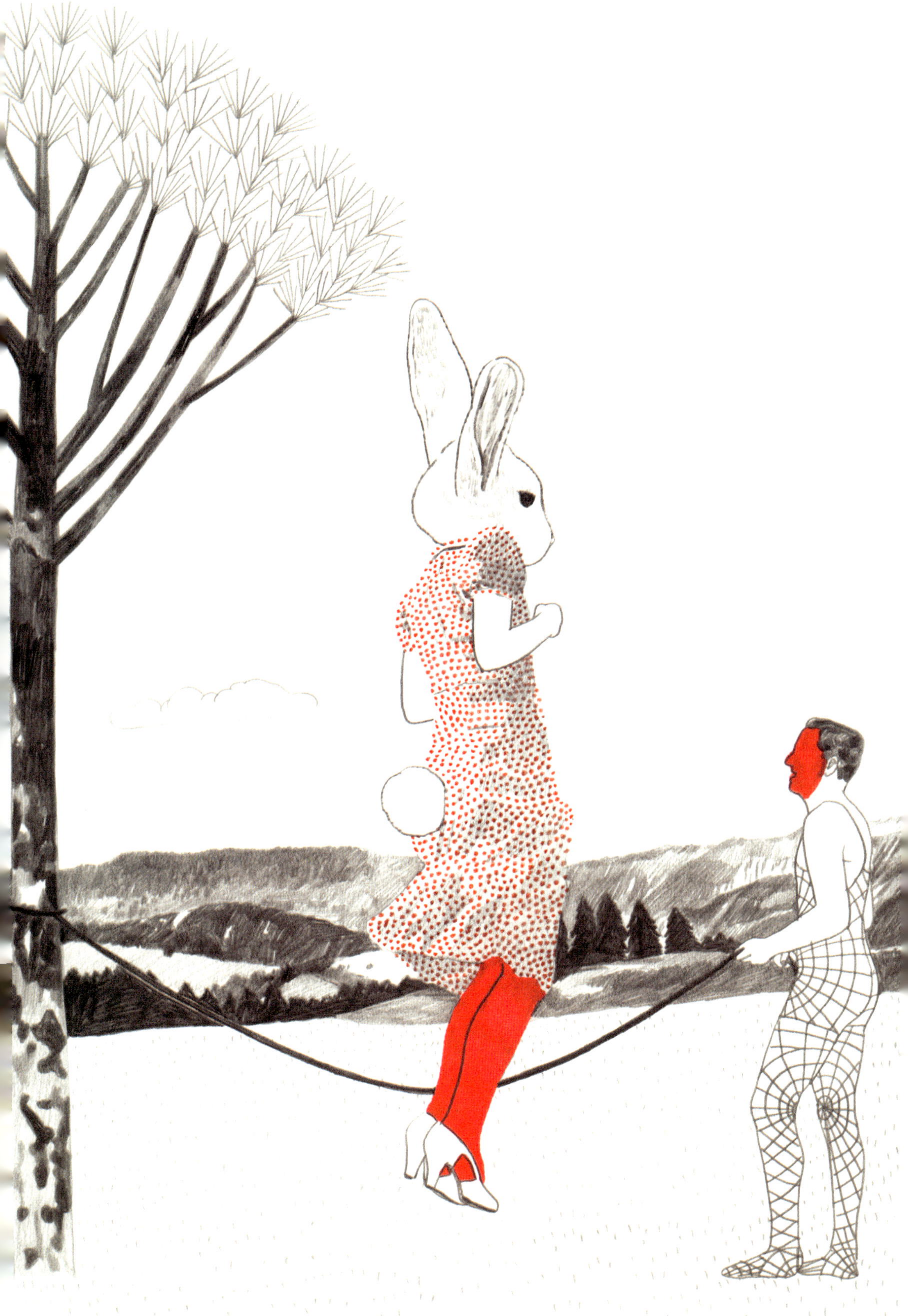

IX

  我们选择了森林,其原因有二:一是森林里没有兔子,二是我们完全不知道如何打兔子。有模仿驼鹿咆哮的——太天真了;有爬到树上去鸟窝里找的;有往被蜜蜂遗忘的老蜂窝里喷杀虫剂的。有嘎嘎叫、呱呱叫、咯咯叫的。有用上盖革计数器的。

  白痴到森林里去,是去想象色情的兔子,外加自渎的。他觉得它们的胸一定很大,有着摇摆的胯骨。管道工埃瓦里斯托则想象它们的内部机构如钟表般复杂,就想搞一只来拆拆看。

  其他人呢,都读到过一些错误的信息,所以齐齐在一棵树下躺着,等兔子掉下来。入夜了,白痴自渎得精疲力竭,便长长地吹出一声口哨(酥酥软软、哗啦哗啦的——空气跟口水混一块儿了)。于是,我们所有人都集合到了预定的地点,整齐有序地返回了城堡。

X

那是阴沉的一天，要下暴雨了。我们生了一堆巨大的篝火，好赶跑那些噬咬着我们的蚊子。倒霉的是，篝火带到了旁边的树，很快地，整个森林都成为了火焰的食粮。几乎所有人都死了，被可怕地烧成了焦炭。那些幸存者从好几年前就开始整晚整晚地聚在港口的一家酒馆里。他们必不可少地要回忆起那件事，互相指责对方也忒不小心了。随后呢，喝高了，就都高兴了，开始大笑起来了。再然后，他们就会扭打成一片，而酒馆老板，这时已经是后半夜了么，就会把他们扔到大街上。在垃圾桶间，他们睡着了，在自己的呕吐物里翻着身。

XI

  每当下起雹子，或者只是来了一阵暴雨，白痴就会和他的小表妹一起躲到森林中央的那棵巨大的无花果树下；枝条弯到了地上，形成了一个穹顶，保护他们不受元素之怒的侵袭，也挡住了其他猎人和护林人的目光。这种被保护的感觉是很重要的，这样一来，小表妹就会觉得和白痴连成一体了，就会任他抚摸，任他用口水盖满她天使般白皙的身体。冬天到来时，那棵无花果树会被小片的羽毛所覆盖，像只大鸟，或者也许是一只把头埋到翅膀里的天鹅。春天时，它会把果实赐予他们，在薄薄的果皮之下，唯有甘甜的乳汁。入夜，雨停了。白痴和小表妹会再次回到无休止的猎兔之中，但此刻的他们就有了一种强烈的负罪感，不敢看对方的眼睛。白痴会捡起一小颗一小颗雹子的球球，看它们以令人惊叹的速度在手中融化。到了后半夜，整个营地的人都睡了，篝火几乎熄灭了，白痴还醒着，淌着口水，从他的衣袋里掏出新的雹子，看它们，以令人惊叹的速度，在手掌中，融化。

XII

  我特想生活在一群比我好、比我幸福的人里。这样我就能嫉妒他们的运气或是善良了。可所有的猎人都很倒霉、很愚蠢，还无比邪恶。于是我就只能嫉妒他们那点可怜的物质财富。我会给他们设陷阱。每当有人见我在制作一个非常复杂、非常牢固的陷阱时他们总会笑，感觉我太夸张了；通常他们都会觉得，很有必要给我讲解一下兔子真实的大小和力量。我就让他们解释。他们不知道，这陷阱是给猎人用的。我会杀了他们，抢走他们的钱、衣服、武器和一些饰物：虎牙项链、旧怀表、订婚戒指、彩色羽毛、鳄鱼皮钱夹。猎人都特喜欢戴饰品，往往这些饰品的色彩就是他们覆灭的缘由：很容易就能从枝叶中分辨出他们，打他们个措手不及。

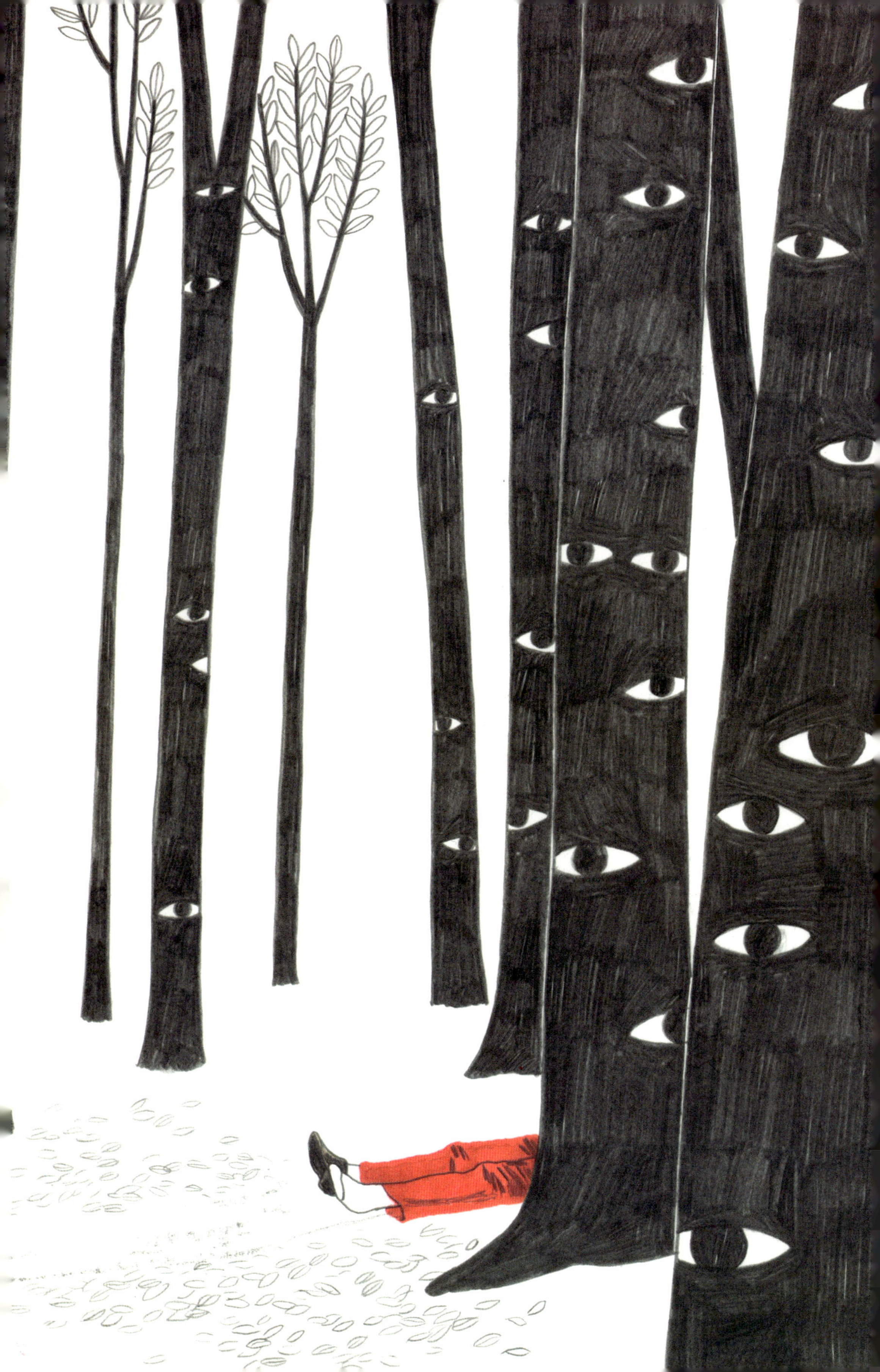

XIII

发情的兔子会散发出一种很微弱的香气，只有猎人最敏锐的嗅觉能闻得到。他们会从四面八方赶来，下意识地循着这种香气，就跟强迫症似的；他们不知道要去哪儿，也不知道为什么要去。兔子就在草丛中等他们。猎人一靠近，兔子就会绷紧肌肉，准备跳出来。由于它动作很小，猎人是看不见那双明亮而狡黠的红眼的。当他非常近了，发情的兔子就会纵身一跃，抛出一声让森林震颤的骇人的咆哮。而被打了个措手不及的猎人就会愣在原地，不晓得怎么自卫。但无论如何，双方的实力对比也太悬殊了：只消两记快速的掌击，外加精准的一咬，兔子就可以拖着那具血淋淋、松垮垮的尸体离开了。饿坏了的小兔子们要过节了。

XIV

  偶尔我会想要加入到护林人那边,于是力量就不均衡了,猎人会被很轻易地打败。而我们,护林人,则全无伤亡。

XV

他们说是要去打兔子，结果是去野餐的。他们围着一台老式留声机跳舞，躲在树后亲嘴，钓鱼或假装钓鱼地打着盹；他们又吃又喝，回城堡的路上还在唱着歌，挤在一辆租来的大巴上，每回都觉得不够坐。而兔子们会把剩下的食物打扫得一干二净。同样经常发生的是，那些假猎人喝高了，就把留声机落那儿了。于是兔子们就会借着月光，和着这疯子般的有些年头的音乐，蹦跶到天亮。

XVI

　　有些兔子已经成了行家,能精准地模仿出猎人在迷路或遇难时发出的喊声。你会远远地听到:"喔——咿——"随后,从森林的另一端,有谁回应道:"喔——咿——"喊声会重复数次,一次比一次近。随后是一阵沉默,随后又是一声叫喊,但听着不太一样,随后就什么都听不见了。

XVII

  白痴很喜欢去大象的墓地，不是因为象牙的高价，不是因为受伤大象寻找千年古地的那种举动的神秘，不是因为映在象牙上的月光的皎洁，不是因为如古船般半没在乌绿之海中的那些骨骸的悲壮，不是因为听见了终于在目的地躺下的那些大象在垂死时的古怪的呻吟，也不是因为这段历险本身，而是因为大象死了，那种腐烂的味道。

XVIII

"我感觉我抓到了只兔子。"我说道,一边抚摸着劳拉柔软的绒毛,她可真年轻啊。她抖出一串清亮的笑声,溜走了;我又一次耐心地寻找起来。

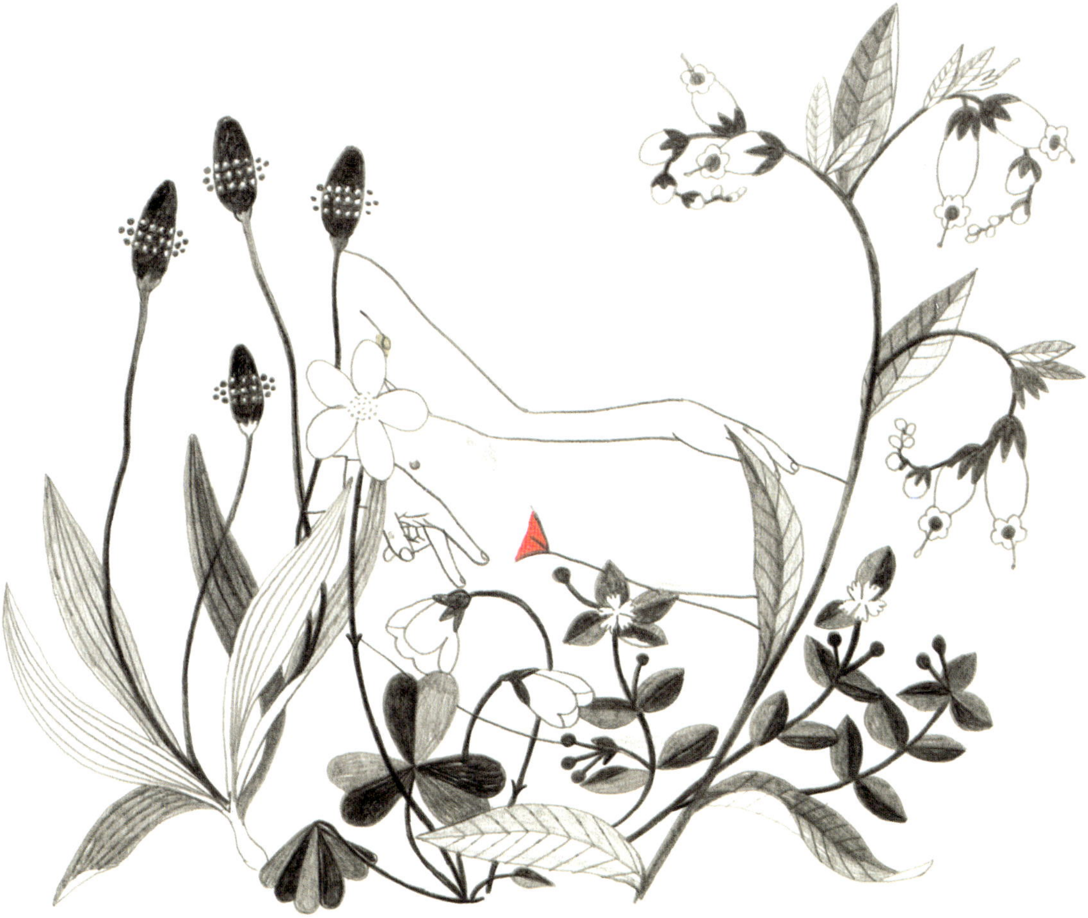

XIX

我动不了了,不是掉进了其他猎人的陷阱,就是错吃了有麻痹效果的野生毒浆果,结果一溜长着生动眼睛的兔子就像一道白色的瀑布一样开始从我眼前无休止地跳下了,从白天到晚上,到第二天白天,到第二天晚上,到永远。

XX

　　有人打兔子是因为爱；我是因为恨。一旦兔子落到我的手上了，我会慢慢摧残它们，肢解它们，不让它们立刻死掉。有的猎人仇恨兔子是因为它们毁掉了他的家园或庄稼，抢走了他的孩子，或是杀死了他的希望；我的仇恨则没什么来头，同时又惨无人道。我觉得这种恨里是有一些爱的成分的；不然我绝不会花上这么大的力气，用上我最狠毒的武器，来攻击它们。

XXI

刚出生的小兔大概是这世上最柔嫩的景观了。这么白,这么不设防,这么娇弱,还发着抖,一对小耳朵像丝一样软,小鼻子粉粉的,挺不安生,小小的兔牙微微从它的小嘴里探了出来,像是在怯怯地微笑。

XXII

每当打猎俱乐部里聊起打猎——这儿总聊打猎——我必定会保持沉默。猎兔中是没有什么英勇事迹的。他们会讲起一些令人毛骨悚然的经历，展示出一些经过防腐处理的恶兽的部件。这在猎兔里都没有；一切都进行得很温柔、很随和。狡猾是必要的，还有耐心，但同时还得用上想象力和同情。这里不会有震耳欲聋的哼叫、癫狂的追逐；没有血，抑或火器的轰响。一切都很平和，近乎亲昵。而且虽说它也很危险，跟狩猎野牛和老虎相比没什么两样，但这种危险是如此地柔软和微妙，以至于你不打兔子，是不会理解它真正的危险所在的。于是我选择闭嘴听着，就让人觉得我是腼腆，或者就是个傻子好了。

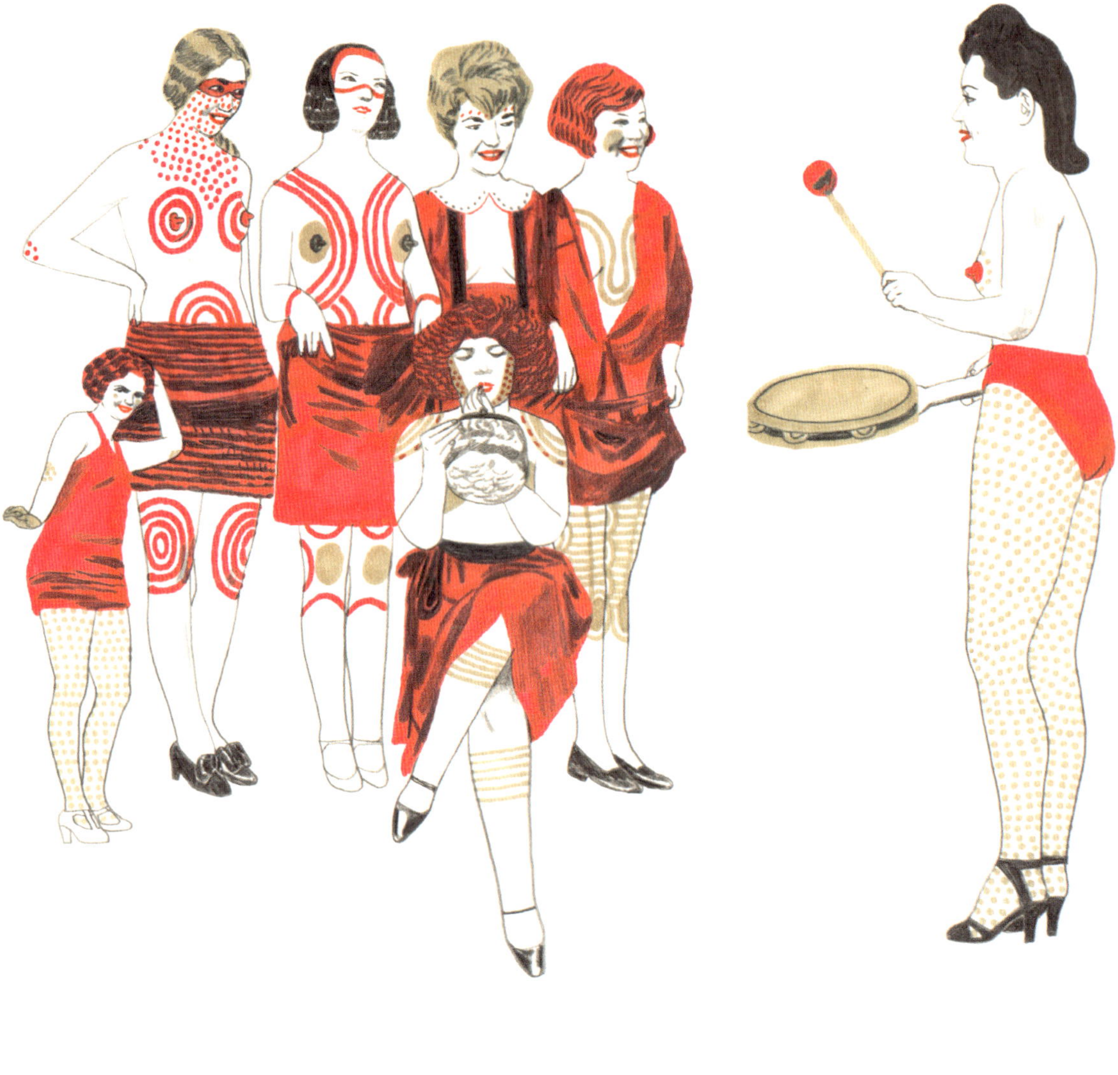

XXIII

我们说要去打兔子,可森林里没有兔子。我们去打野姑娘,有着软乎乎的耳朵、丝般绒毛的野姑娘。

XXIV

真叫人难以置信，这些小动物太能生了。你几乎能看见它们在你眼皮底下繁衍，以一种奇快的速度。你就瞧着这对兔子吧：几分钟里就会有四只了，然后是八只、十六只、三十二只、六十四只、一百二十八只、二百五十六只，成千上万的兔子蹦跳着就把你围住了，还在持续不断地聚过来、没过你、让你窒息。

XXV

真叫人难以置信,兔子太能生了。你就瞧着这对吧:几分钟里就会有四只蜘蛛、八只蛤蟆、十六只鹦鹉、三十二条狗、六十四头野牛、一百二十八头大象。

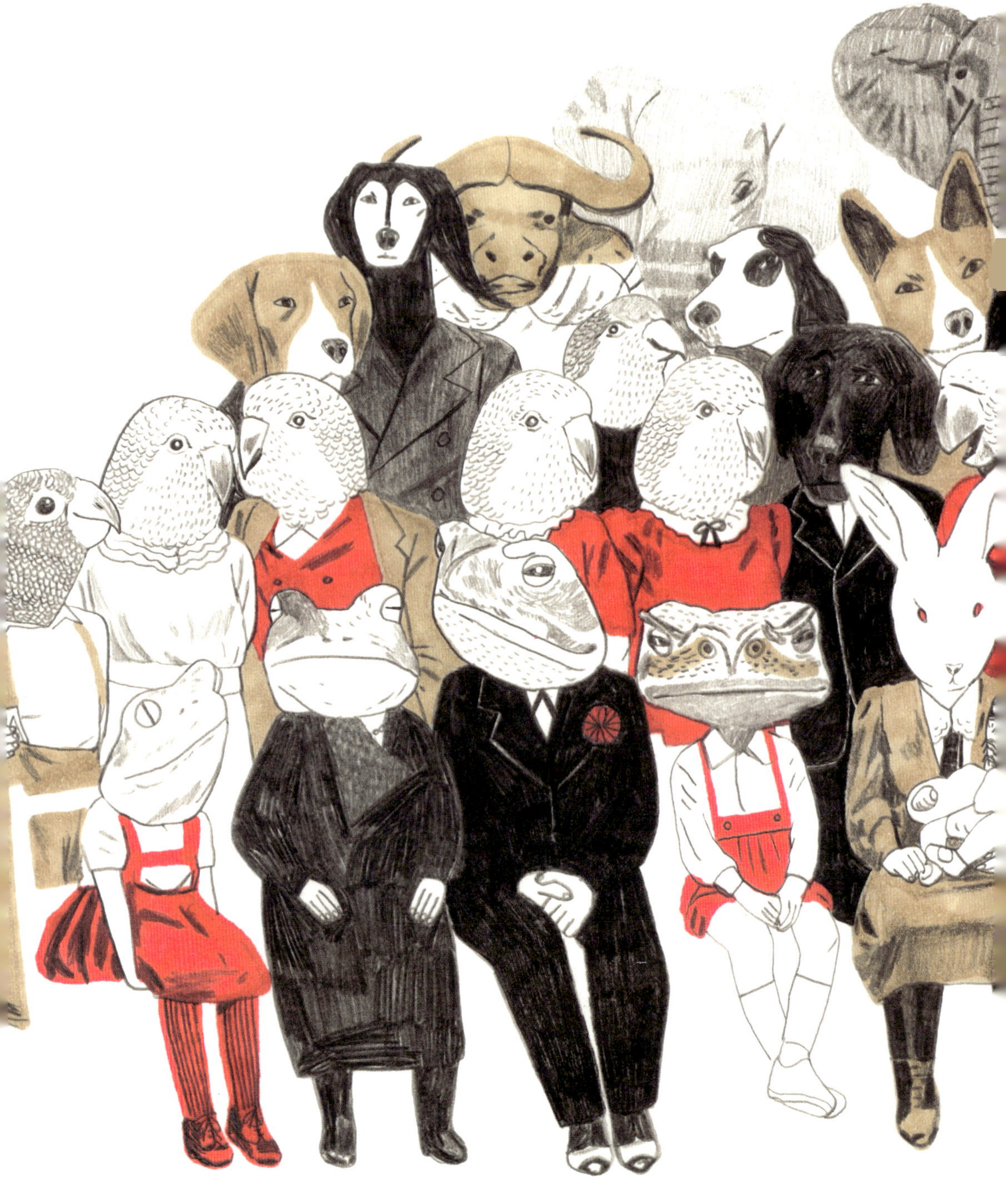

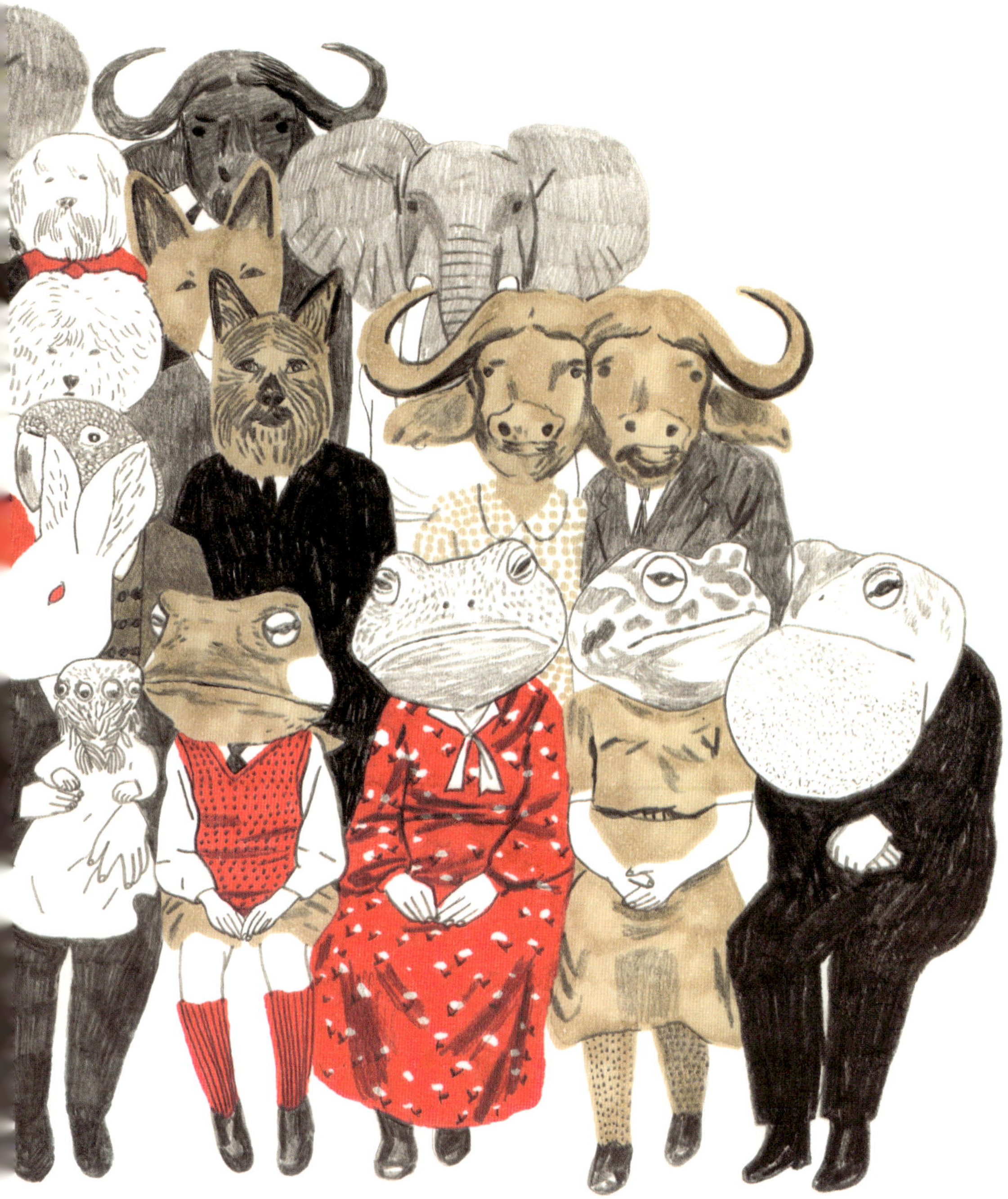

XXVI

自从兔子劫持了我的父母,我就没兴趣打猎了。

PROHIBIDO CAZAR CONEJOS

禁止猎兔

XXVII

我们抵达了森林,人数众多,装备齐整。我们首先看到的就是一块巨大的牌子,"禁止猎兔"。我们面面相觑,像少男少女一样脸红了,无奈地叹着气,我们转了一百八十度,无比悲伤地,返回了城堡。

XXVIII

要还像以前那样习惯坐着不动的话，我们是永远想不到去森林里打兔子这种事的。我们更喜欢把它们养在城堡里，让它们住最好的房间，里面都是最合适的笼子，并以此为生。

XXIX

尽管我们之间几乎从来不讲除了兔子以外的事情，但其实我们一只都没见过。我们甚至怀疑它的存在。在我们的对话里，兔子是被当做比喻用的，又或者是象征。很常见的是，许多人，就说是我们大部分人吧，都忘了这个词最原始的意思了，如果它曾几何时有过的话。

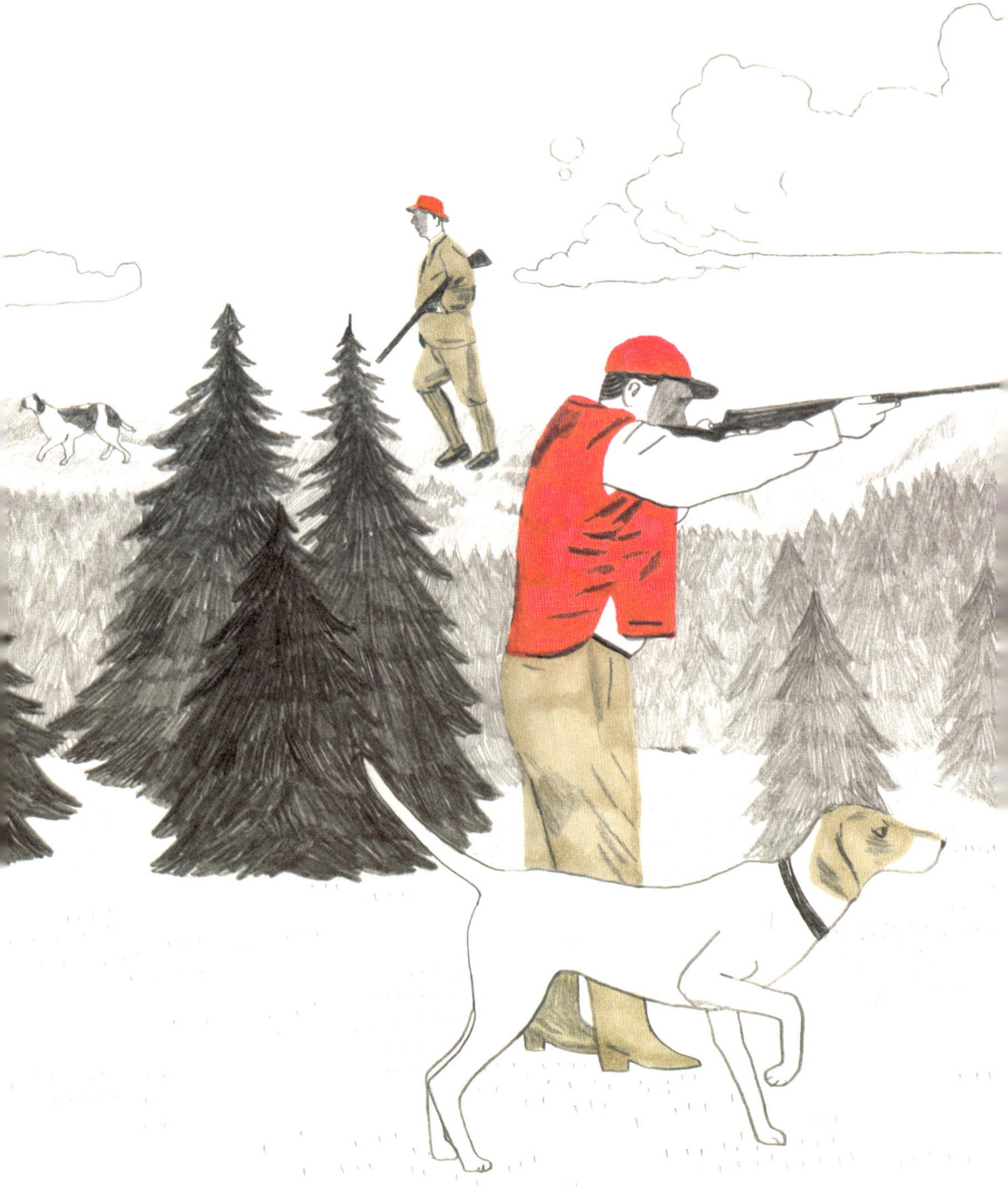

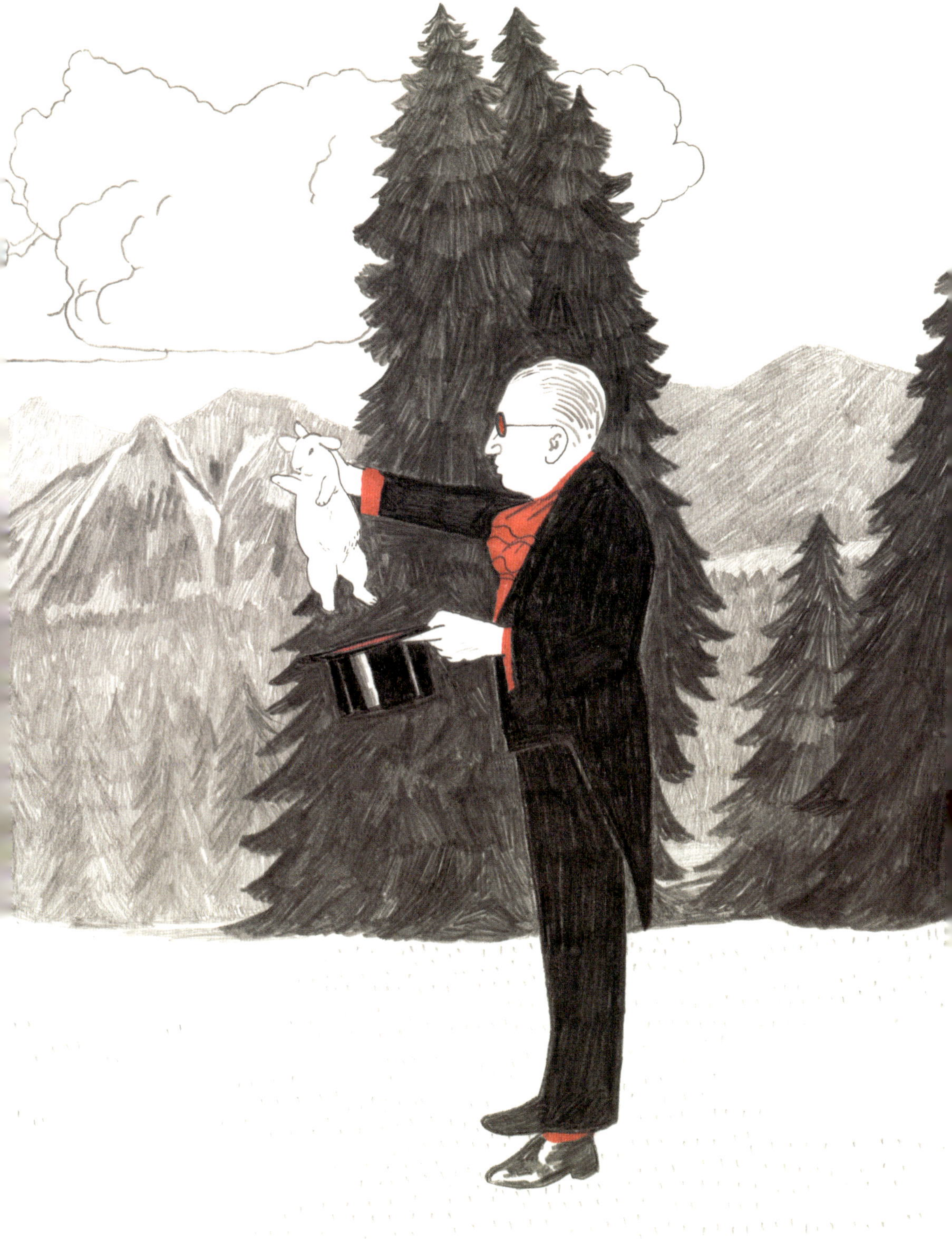

XXX

森林里从来没有过兔子。要不是有魔术师在的话，这将是我们兔子猎人不可逾越的一道障碍。每当我们去打猎，白白转了好几个钟头，既痛苦又挫败，这时魔术师就会出现。他们都不爱说话，穿着优雅的黑衣。他们会极为熟练地从他们闪闪发光的礼帽里掏出一只只兔子。我们返回城堡时，每个人的背袋里都装着一只；我们表面上很高兴，但心里都带着疑惑的阴影。

XXXI

我们用恰当鞣制过的兔皮制作丝般的手套,好在寂寞时爱抚我们赤裸的身体。我们的孩子用兔眼打弹珠。我们的女人要串项链和手镯,兔牙是绝好的材料。兔肉我们会吃掉。兔肠可以做琴弦,我们的音乐深沉而伤感。我们会把白色的绒毛填在兔骨里面,再给它加上一个发条装置:这些玩具可以完美模仿兔子的动作。每到周日,我们会到集市上把它们卖掉,有了钱,我们就可以去买打兔子用的子弹了。

XXXII

　　白痴的小表妹们嚼着同一块口香糖，脸凑得很近，口香糖成了细细的、湿哒哒的一条，连着她们青春期的嘴，白痴就躺在口香糖下面，从下望着她们小小尖尖的胸脯，懒懒地把手伸向她们软软的绒毛，然而又够不着，从她们的身体里辐射出一种香香的热度，而在上方，她们的嘴越凑越近，试图吃到更多的口香糖，她们的嘴接上了，唾液淌了下来，咸咸的分泌物溜过未成年的腿落进白痴的嘴，和他的口水混在了一起。没有人在猎兔。

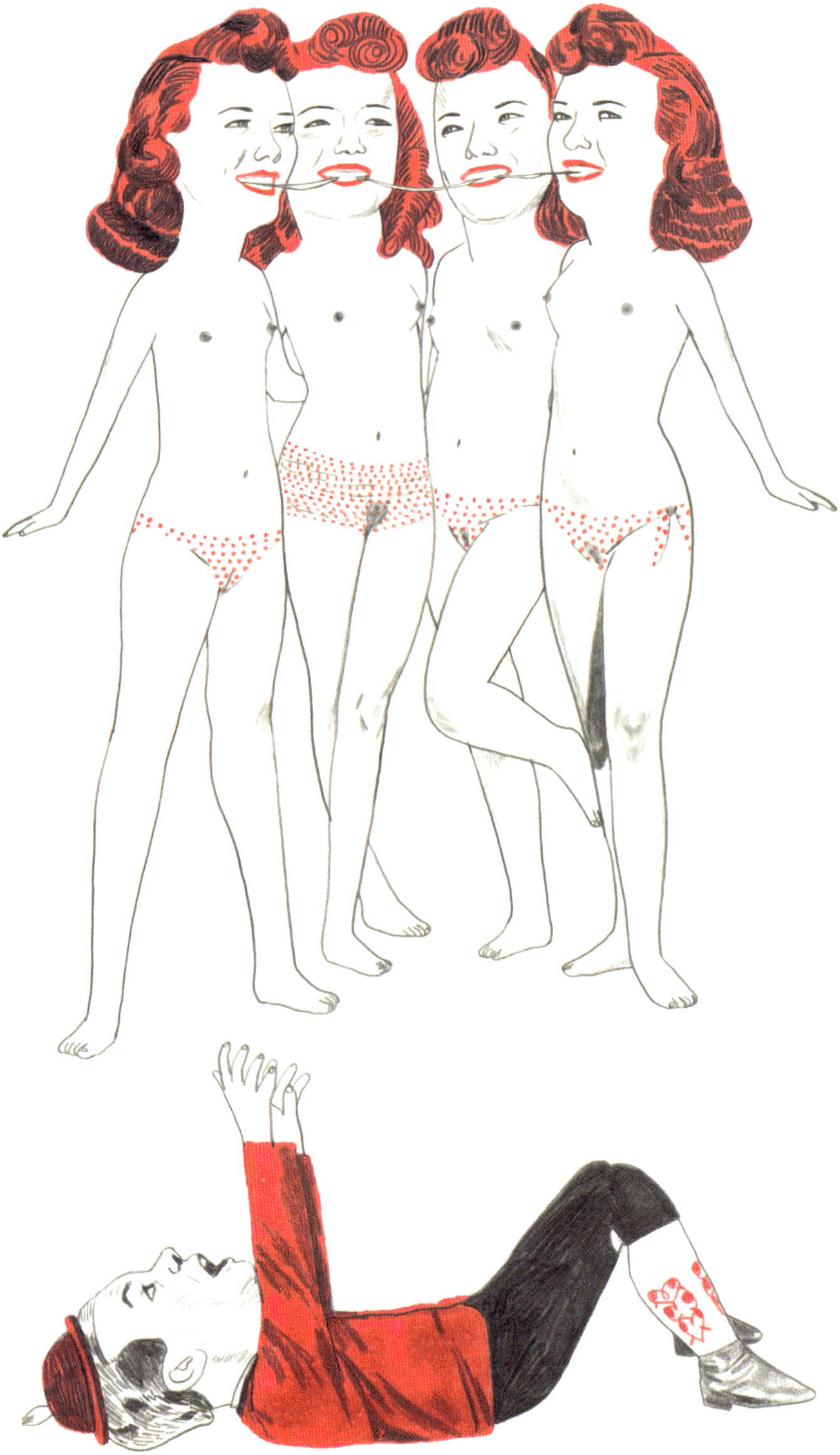

XXXIII

  白痴的计划是完美的。精锐射手被布置在了森林中央，在那棵无花果树旁围了一圈守着。而乐师们会从外围向中央进发，把兔子圈过来，用鼓、笛子和小提琴轰赶它们。

  通常来说，我们都能打死数不清的兔子。可也有几次，兔子逃走了，趁乐师还在森林外围、相互距离很远的时候，从他们中间溜了过去。也或者又有几次，所有的兔子都聚在了无花果树下面，被树冠荫庇着，就站在那圈精锐射手身后，他们的枪口是向外的。于是，在精锐射手和乐师之间就会发生一场令人惋惜的战斗。乐师比较落下风，但时常也会有不止一位精锐射手被琴弓，或是被一个太尖锐或太温柔的音所射穿。

XXXIV

　　自从兔子把我的父母工业化了,他们每到冬天就要用鞣皮大衣包裹住自己,我就越来越觉得茫然了,生活什么的,之前明明那么简单有逻辑。

XXXV

对那些把猎兔的美学或形而上学看得比什么都重要的人来说，光可能是他最应该考虑的因素了。阳光的直射会使兔子变丑，剥夺了它的真实与优雅。而夜晚的晦暗会让它们看不清、摸不着，变得十分危险。只有最后一缕倾斜的、不确定的日光，那个魔幻的时刻，日落后的几分钟，兔子才会获得它全部的美与真实。但在如此短暂的时间里又很难猎到它们：这是一位敏感的观察者的见解。

XXXVI

　　白痴抱着头,很绝望,因为面对他精确的指令,我们的表现一个个都跟被魔鬼缠身了似的。在阴暗的城堡里关了这么些年,一呼吸到森林的自由和美和健康,我们都顾不上遵守他计划里无情的逻辑了。

XXXVII

　　要打兔子，得弄到一种特别的许可，得花很多钱。在森林入口有个小小的柜台，登记缴款处，一只胖胖的兔子戴着眼镜，一副很烦又只能忍着的样子，收了钱，就会把许可证一张张地发给我们。

　　但不仅如此，为了抵御猎人，兔子还创造了一个令人印象深刻的官僚体系。要想拿到许可（没有许可是没法打兔子的，因为会落到护林人手里），得提交一大堆文件：身份证、良民证、天花疫苗接种证、健康证、租金和水电费收据；居住证、无欠税证明、贫困证明、兵役登记证、护照、住所证明、出生证、中学毕业证、持枪证、信仰民主声明书、初领圣餐证明、宣誓忠于国家证明、结婚证、驾驶证、初级教育税完税证明、死亡证，等等。

XXXVIII

兔子最爱的音乐是舒伯特的 A 大调五重奏，作品 114，《鳟鱼》。由于不识字，它们觉得其中调皮而又不安分的运动、让人振奋的好心情和舒适的生活太像自己了，于是在它们之间，都会用它们特有的语言里一个相当于"兔子"的词来称呼这首曲子。

XXXIX

有种猎兔用的陷阱，虽然有点复杂，却无比可靠。诱饵自然是一根胡萝卜。兔子最爱的食物是麦糠，可对它们来说——一个个都是潜在的同性恋——胡萝卜有种极强的吸引力，阳具象征么。所以得把胡萝卜摆上，摆成一个不知廉耻的姿势，摆在一个很显著的位置，林中空地为佳。在胡萝卜下方挖出一个圆形的深沟，直径三米左右，再搁上坚固的木板，盖上树叶和杂草。在这些木板子上面，撒上若干——量不用太多——的白蚁（白蚁破坏木头的速度是出了名的）。等兔子来了，最开始是被那轻柔的香气所吸引，接着当然是看见了那根闪着金光的胡萝卜，而在围着它转了许久之后——不仅仅是在怀疑这是否是个陷阱，在那一刻，复杂的食-色相吸相斥机制也开始在它的脑中运转了——它在板子上跳了起来（因为胡萝卜是挂在一定高度的，得让兔子觉得跳一跳就能够到）。于是，在时间、兔子和白蚁之间就展开了·场美妙的战斗。猎人们会屏住呼吸，默不作声地——用预定的手势——交替下注。

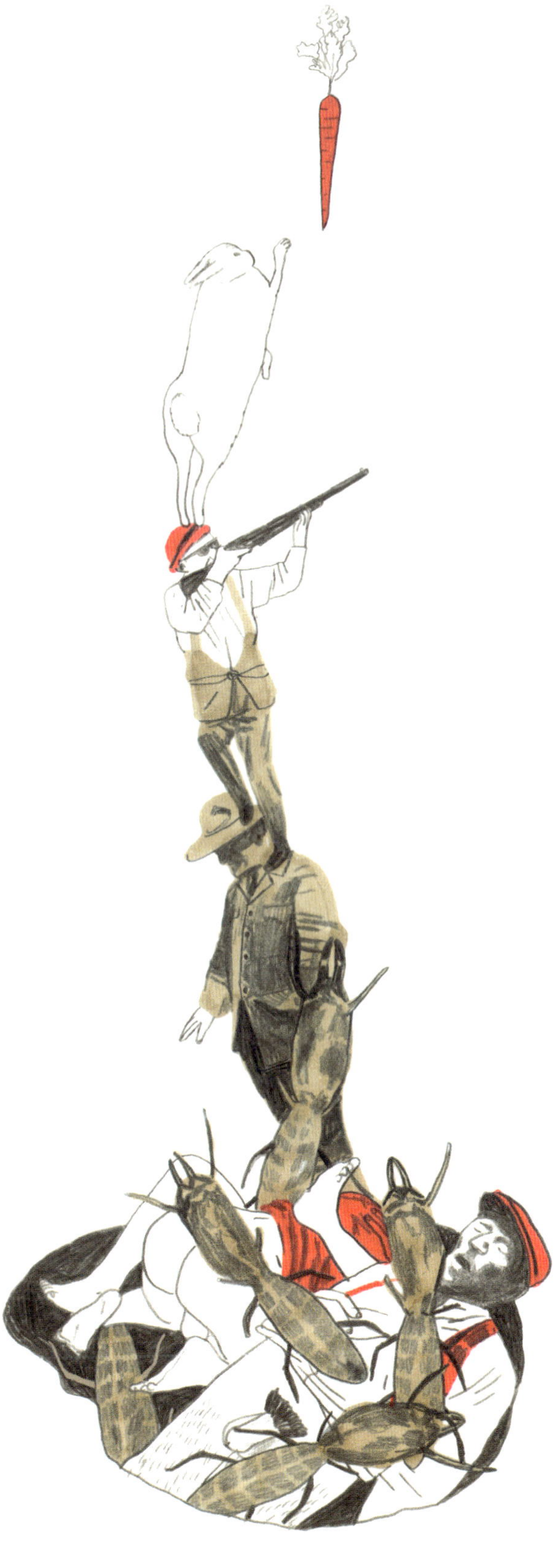

变数有很多。或者是兔子最终跳断了被白蚁咬坏的板子，这样板子、白蚁和兔子就都会掉进沟里；又或者是白蚁喜欢兔肉超过了木头，趁它跳跃过程中、小脚接触板子的那段时间入侵了它的肌肤，最终把它整个吃掉了；又或者那只兔子在被白蚁咬到第一口的瞬间，一疼，就跳得特别高，从而够到了那根胡萝卜（于是，白蚁就会迅速转移到胡萝卜上，结果胡萝卜才是它们最爱的食物）；又或者兔子跳累了，走了，去救回自己那根胡萝卜的猎人此时就超过了被白蚁啃过的板子所能承受的重量，于是他就掉进了沟里，也不一定拿没拿着那根胡萝卜，取决于他来不来得及解开绑着它的绳子；又或者那些白蚁之前就吃舒坦了，或是懒，决定不啃那些板子了，而是分散到了森林里，这样的话，就给兔子达成它跳断板子的目的造成了极大的困难；又或者那根胡萝卜等累了，或是紧张坏了，就脱离了束缚，掉进了兔子的嘴里（有时恰恰就在这一刻，板子塌了）；又或者猎人们被眼前激动人心的景象和巨额的赌注搞得过于兴奋了，就有人臭骂起了别人，又一失手，互相残杀起来了；又或者他们脑子一热就朝那只可怜的跳跳兔扑了过去，于是整体超过了被白蚁啃过的板子所能承受的重量，就一起掉进了沟里，只能绝望地从那底下望着那根胡萝卜；又或者是几个护林人被那根胡萝卜或是兔子吸引了，从而跌进了沟里，很快就被白蚁吃掉了；又或者那只兔子凭借种族的基因记忆事先在猎人通常待着的地方设下了类似的陷阱，或迟或早，猎人们就会掉进他们自己的沟里，或是被爬上他们小腿的白蚁吃掉，或是二者同时；又或者针对这些猎人的陷阱是他们的一生之敌、护林人设的，结果则相同；又或者白蚁太快啃完了板子，兔子一来，看到是陷阱，就直接走了；又或者它看到是陷阱，可又被胡萝卜深深吸引了，没法往高了跳么，就选择了跳远，从沟的一边往另一边跳，想在经过胡萝卜的时候把它够下来，而在某一跳中，由于计算失误，它就掉进了沟里；又或者是劳拉，白痴孪生的小妹妹，被胡萝卜深深吸引了，于是猎人们就会边看她妩媚的裸体跳跃边手淫，或是一起扑上去强暴她，他们往往能得逞，如果白蚁给够时间的话；又或者以上所有事情都没发生，猎人们忧郁地看着那根漂亮的胡萝卜随时间慢慢风干了，失去了它的新鲜与色泽，变得绵软皱缩，最终成为干枯无光的一条。

XL

许多年后，管道工埃瓦里斯托终于逮到只兔子，他的幻想一下子破灭了。他逮到的是只空兔子，没有他梦想中钟表般的机构，甚至里面什么都没有。

管道工埃瓦里斯托和白痴的孪生妹妹劳拉订婚了，不久之后，他发现了劳拉、白痴和那俩小表妹间复杂的异性恋和同性恋关系网，便又拾回了对兔子的信心，开始继续尝试狩猎它们。

许久之后，管道工埃瓦里斯托终于逮到了第二只兔子，并兴奋地发现，它比第一只重多了，也实诚多了，想必里面是有点货色的，他把它抱回了房间，关上门，用工具拆了起来。就在此时，由恐怖分子培育的这只特殊基因变种兔在他眼前爆炸了。

XLI

在我们家兔猎人中有句口口相传的谚语:"兔子总从你最想不到的地方蹦出来。"我们都把"兔子"当成了一种隐秘而诗意地表达"家兔"的方法,所以每当有人说起这句谚语,常常有人说的,我们其他人就会你看看我、我看看你,脸上挂着狡黠的同谋般的表情。

XLII

兔子的强大就在于全世界都相信它的存在。

XLIII

对于从很久以前就习惯了阿拉伯数字的文明来说,罗马数字不知怎的就显得很神秘和坚固、很困难和恐怖。

XLIV

有些人加入我们的狩猎队，不是因为对兔子感兴趣，而是对鸟类。确实：热爱鸟类歌唱的人会在森林里找到各种各样、动听异常的歌声，他们是会大吃一惊的。也就是这些人，在知道事实真相的时候会最接受不了，可他们迟早要知道的，就是说，这片森林里其实没几只鸟，唯一的那几只几乎不唱歌，或是唱得很差、很不情愿，是那种很悲苦的、黯淡无光的、无精打采的歌声。真正在唱歌的是那些蜘蛛，又大又危险的那种，它们会把巢安在树冠里，靠歌声吸引猎物。这些热爱鸟类歌唱的人、连血也是甜的人，就是这些蜘蛛最爱的猎物。

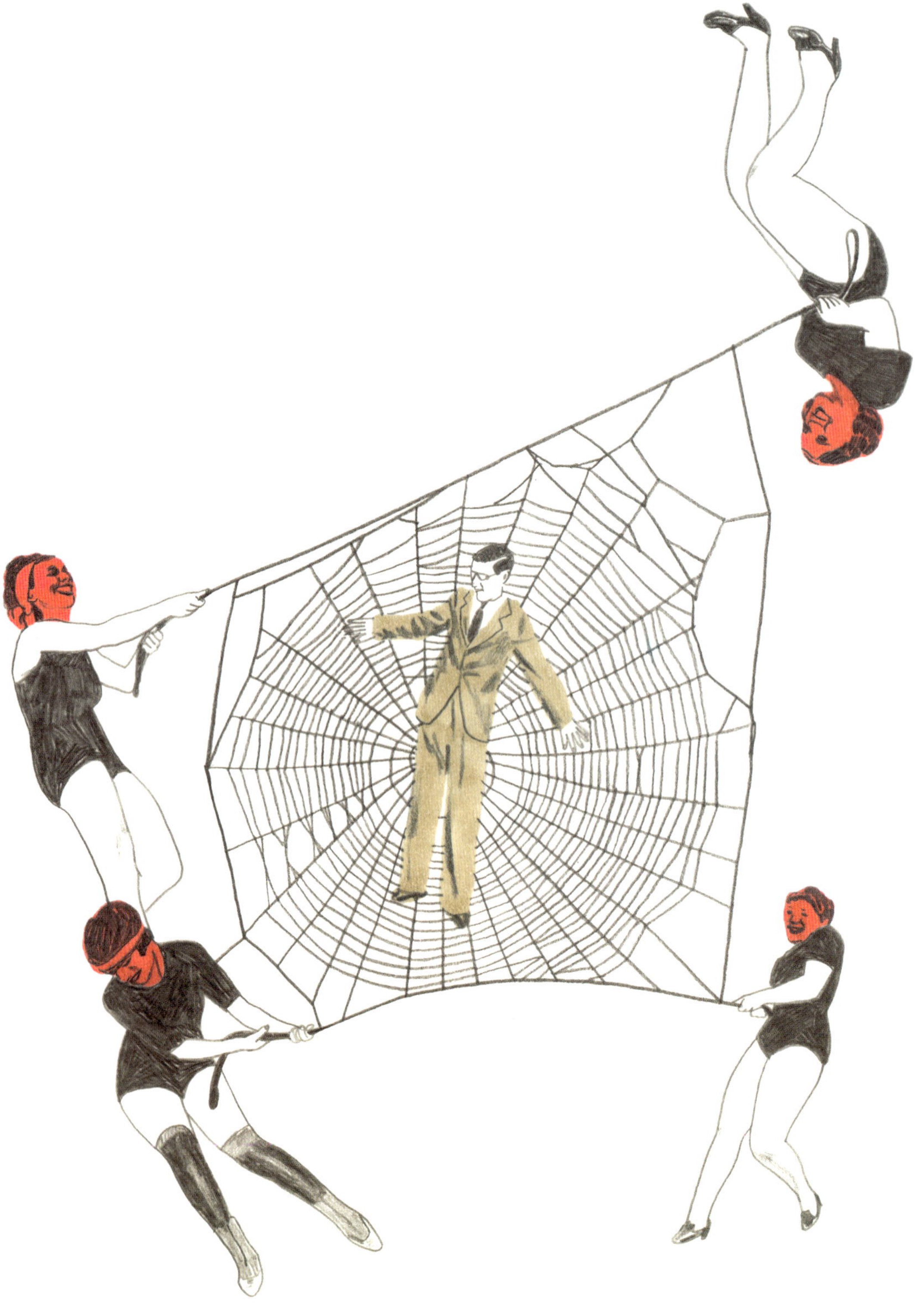

XLV

  被一代代护林人刺伤、迫害、亵渎、摧残的森林如今已经成了一座哀伤的城市。兔子都转去住到了肮脏的下水道里。猎人被迫改变了他们的狩猎体系、他们的服饰，以及他们的幽默感。

XLVI

  我们花了无数个夏天才发现，兔子一到盛夏，是会从森林搬去海滩的。它们会穿上颜色鲜艳的泳衣，戴上太阳镜，撑起遮阳伞，简直没法把它们和其他游客区分开。而且因为我们这些城堡里的人对海滩没什么好感么，我们最终决定，夏天不打兔子了，改玩纸板宾果。

XLVII

  劳拉的小儿子，埃斯特万，跟他爸（几乎称得上是传奇兔子的阿奇巴尔多）长得一样儿一样儿的。每当他跟我们一块儿来打猎，我们实际上是分不清他和其他兔子的，所以有好几次，他回去的时候都带着很重很重的伤。现在我们会给他挂上两块圆形的纸板，前胸、后背各一块，用不同的颜色画上好些同心圆，就好像我们练打靶用的那种板子。这样一来，我们相信下一次，我们就不会打不准了。

XLVIII

每周日都要累死累活地出征，被大太阳晒着，衣服和武器还这么重，真是荒唐，我们最终决定把森林搬进城堡里。有天下午，我们就把这事儿给办了，为此占用了我们所有的花盆和锅子。

没过多久，森林就干死了，一开始我们还挺难过和茫然，但随后，我们就又开心起来了，因为我们发现了一件事：原本是森林的地方，如今是沙漠了，兔子就显眼得多了，也就好打得多了。

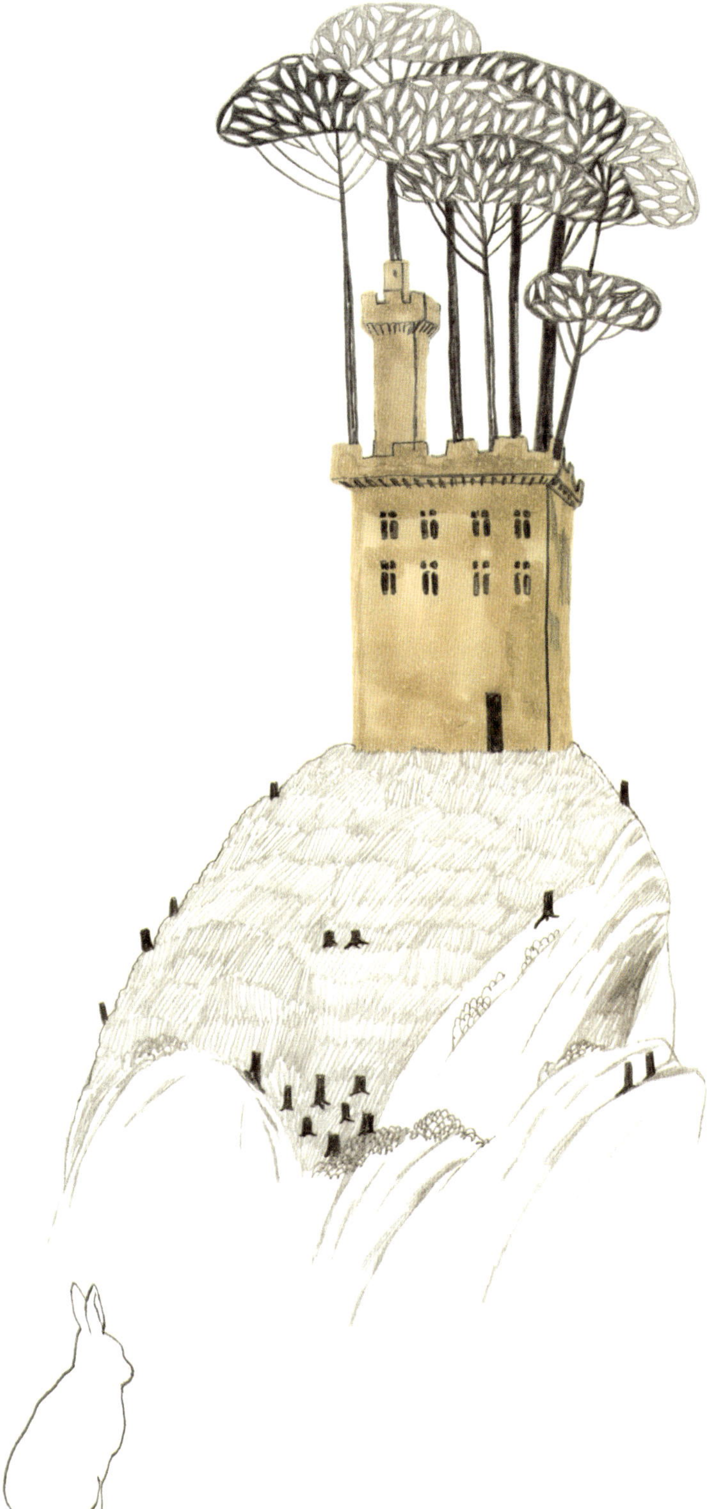

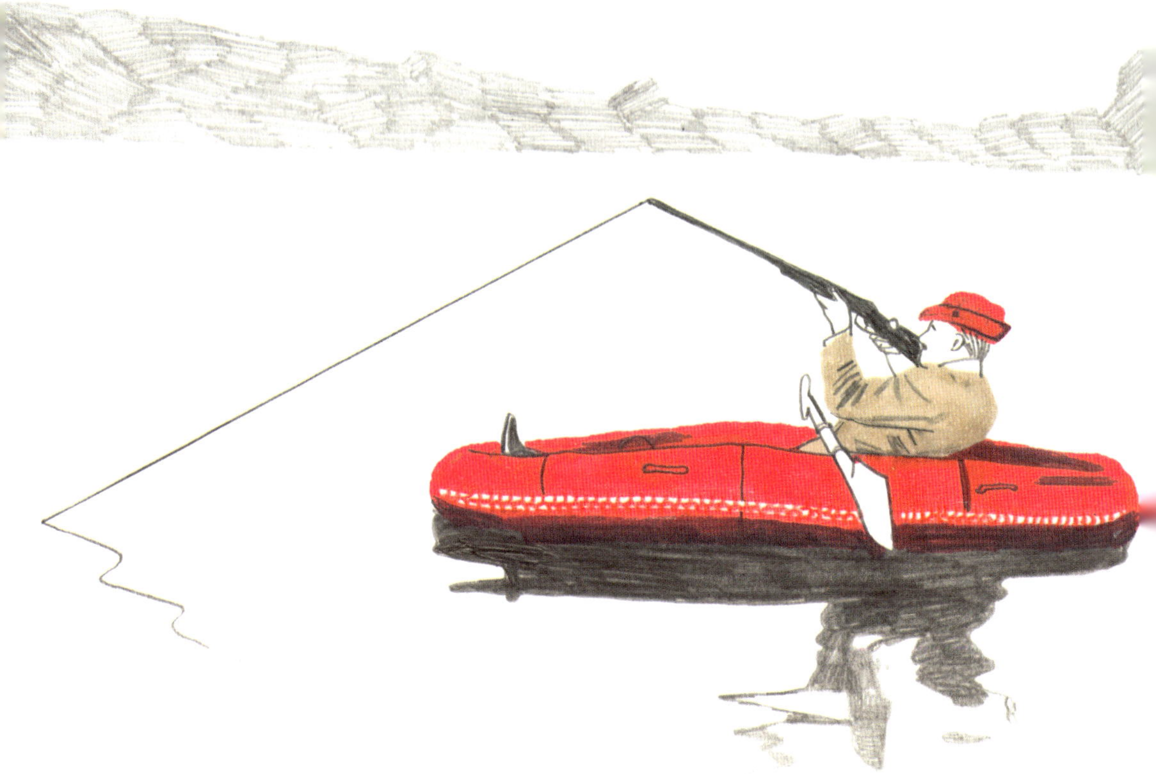

XLIX

　　如果说有什么比猎兔还刺激的事，那就只有垂钓了。虽说运动是没那么剧烈，但等待时的紧张是一点儿不少的。没有什么会比看到漆成大红色的软木浮标动起来更激动人心的，紧接着手里的线就会不安分地牵拉起来了，然后就得用线轮把我们的尼龙线收起来，确认线的另一头，那只兔子在河底负隅顽抗着，最终，我们把它拎出了水面，它的舌头上穿着我们巨大的钩子，而作为钓饵的胡萝卜则几乎完好无损。

L

  哪怕是对经验最老到的猎人而言，难度最大的也就是能不能第一眼分辨出兔子和母鸡了。由于母鸡要比兔子多得多，且比例实在惊人，最后我们往往都得喝完了可恶的鸡汤紧接着又是葡国鸡和鸡杂饭，却不能啃着香嫩的烤兔子——这才是真正能让我们快乐的东西、我们活着的意义。

  猎人们总是会被它们脚上的小皮皮所欺骗，丝般的小塌耳朵也很像，尤其是翅膀的颜色，都是大象牙似的暗沉的色调。然而，在实验室里倒是很容易区分它们：石蕊试纸反应显示，母鸡唾液的 pH 值要比兔子的高得多。但尽管有很多人持相反意见，森林和实验室毕竟还是不一样的，所以我们还得继续吃鸡，继续累积对生活的怨怼。

LI

　　如果您想来跟我们一起打兔子的话,我还是丑话说在前头吧,趁早放弃为妙。首先,对您来说,要找到我们的城堡就很难,还没告诉您绝没有这个可能呢。我提到它的时候,特地写得很模糊,而且谁知道我不是在撒谎呢。其次,哪怕您找到了城堡,也逃不过我们在它周边布下的无数致死的陷阱,正是为了摆脱像您这样不相干的人的。再次,就算您躲过了陷阱,也不可能过得来那条满是鳄鱼的护城河。又次,哪怕您渡过了护城河,也翻不过那扇极高的铁栅栏门,它的顶上都是刺刺。最后,就算您翻过了那道门,我们冷漠的接待也会让您扫兴至极,想着怎么来的怎么回去得了。可是,如果您有本事战胜以上所有的困难,虽说您还是不能跟我们一起去打猎,因为这是白痴明令禁止的,连还句嘴都不行,但国王会把女儿嫁给您,这位美丽至极的女性从上古时代起就在等着那个能配得上她的男人了。

LII

  白痴把我们每次打猎都会带着的那只扮成兔子的熊,驯好当诱饵用的,给当成他的小表妹贝阿特丽丝了。那只熊允许他在它背上淌口水了,可是,尽管已经成了个无药可救的呆子,它还是把白痴一巴掌给拍晕了——他想摸它的屁股。

LIII

管道工埃瓦里斯托用喷枪猎兔。

LIV

把兔子当春药用的人得特别当心其中的一个品种,它不动的时候,摸着就跟丝绸似的,但只要预感到任何微小的危险,它也会竖起毛发,一根根的都会变得又硬又扎,好像豪猪的尖刺。

LV

　　早早失去母亲的虎崽子通常都会被失去自己孩子的母兔子收养；长期的共同生活造就了这批凶猛又爱吃肉的母兔，以及胆小怕事、蹦蹦跳跳、准确说有点娘娘腔的老虎。

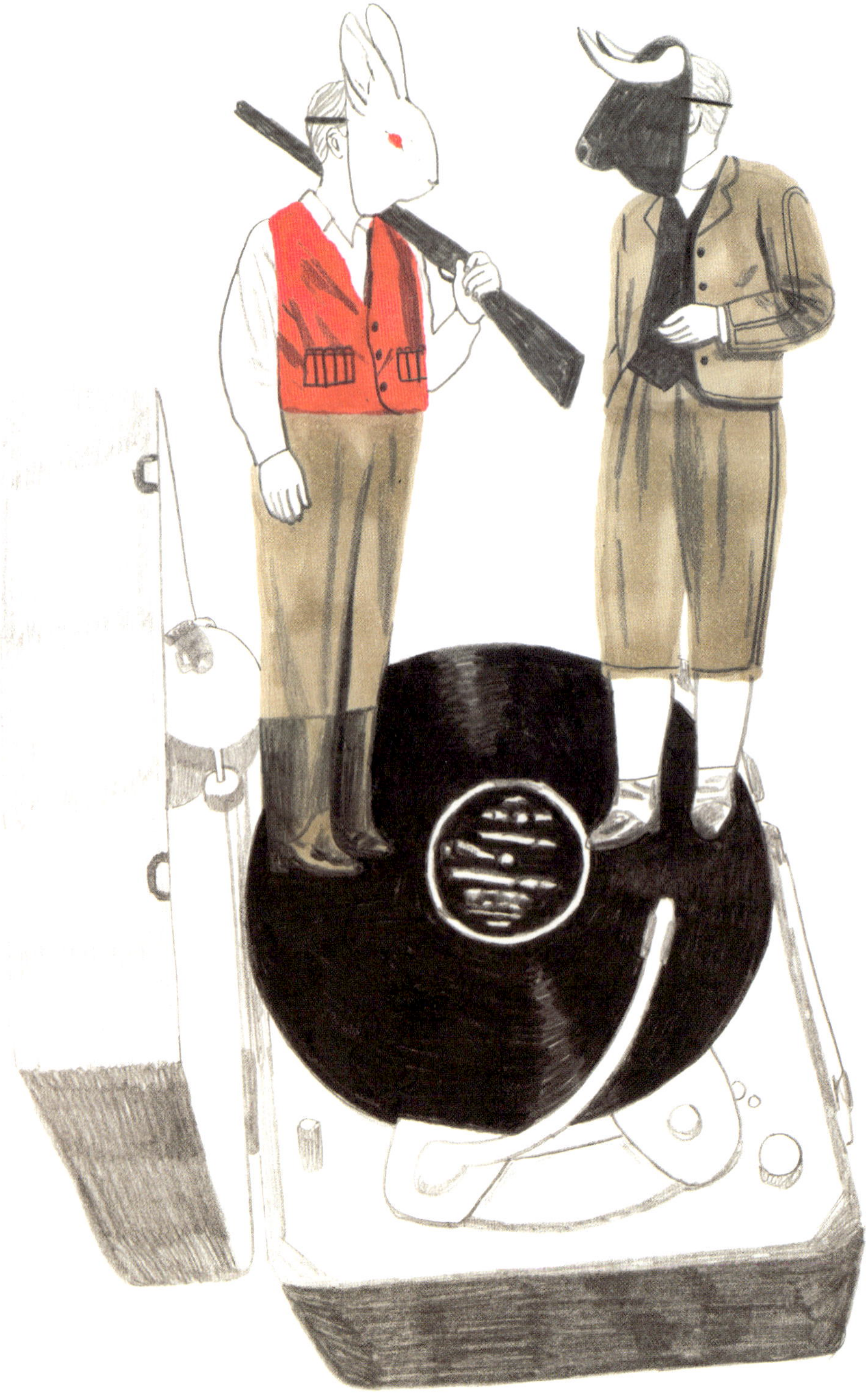

LVI

　　管道工埃瓦里斯托年轻的时候曾相信——我们拉普拉塔河的口音 d、j 不分么——我们要去嫁兔子,所以他第一次跟我们去打猎,还叫来了个神父。

　　于是从此以后,我们就严格按照纯正的西班牙语来发音了,这也帮助我们培养起了一种尊贵的对西班牙的东西,尤其是对西班牙歌的爱好。所以现在,每逢周日,我们都不去打猎了,而是待在城堡里听歌聊斗牛。

LVII

　　我们都不带我们的孩子去打猎,不然看到那些母兔在卖淫,会特别尴尬的。

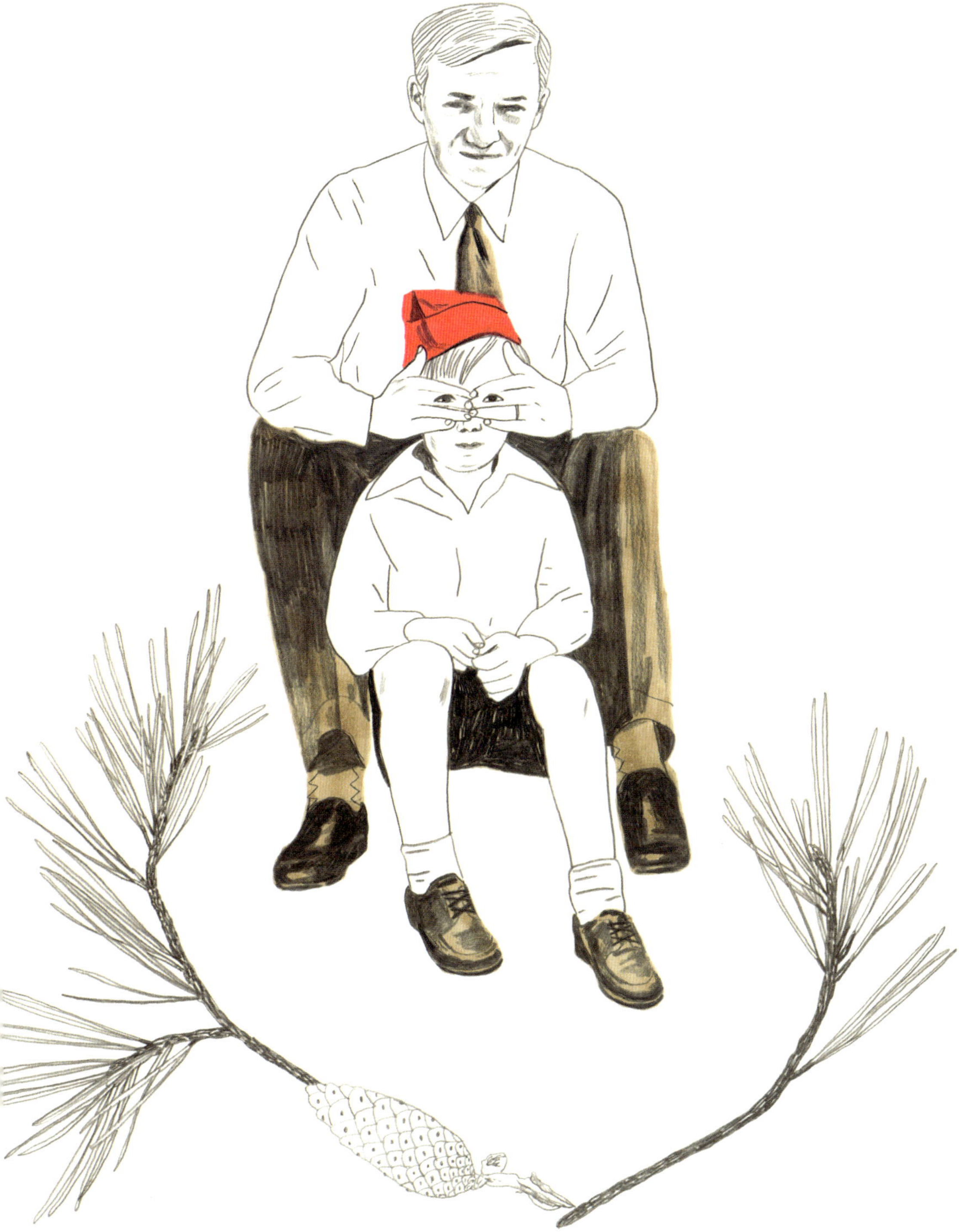

LVIII

　　这是我们第一次也是最后一次去打兔子。我们的哲学——我们之所以能够保持团结一致都是靠着它——禁止我们重复任何特定的经历,不管它是什么。这就是我们永葆青春的秘密,恒常快乐的秘密,总在照亮我们双眼的至善之火的秘密。

LIX

　　我们暂停了行进；那天我们筋疲力尽，连森林都没找到。我趁机坐到了一块石头上，把我妈给我的那个牛皮纸包给打开了；每回里面都装着米兰炸肉排的，可这回是双旧草鞋。

LX

把兔子放到耳边,会听见大海的声音。

LXI

　　白痴被一只兔子狡猾地打穿了,以下是他最后的话语:"我打累了,头领们都死了……领导年轻人的也死了……很冷,我们没有毯子,没有食物。小孩子都要冻死了……听着!我的将领们:我累了。我的心受伤、得病了。从太阳这会儿的这个位置起,我不打了,再也不打了。"几乎没有人知道他在引用什么。

LXII

每当有哪只兔子梦遗[1]了,宁静便在森林里蔓延开来。

---

[1] "梦遗"的西语词也可直译为"受到了夜的污染"。

LXIII

　　那只有偏执倾向的兔子总觉得自己在被一群猎人追踪着，他们都想要伤害它；它性格孤僻，谁都不信，成天想象自己会死于什么复杂的阴谋或是可怕的陷阱。在它最错乱的时候，它动起来会很笨，很不协调，一点儿推理能力都没了。对猎人来说，那就是最好的时机，很轻松就能抓到它了。

LXIV

　　白痴倒下了，被护林人的一支精准的箭给射穿了，以下是他最后的话语："原子能的释放改变了一切，但我们的思考方式除外，正因如此，我们正一步不停地迈向一场空前的灾难。要让人类继续生存，就必须改变他们的思考方式。我们时代的一大当务之急就是驱散这一可怕的威胁。"

LXV

兔子最爱的音乐是舒伯特的 D 小调协奏曲，于其身后发表的《死神与少女》。它们觉得其中内心的暴虐、阴翳的悲剧和濒死的感觉太像自己了。由于看不懂唱片的封面，所以在它们之间，都会用它们特有的语言称呼这首曲子为《死神与少女》。

LXVI

社会学家乌贝尔托曾花数年时间研究兔子的社会经济体制,他用一句话总结了他的调查:"上有庄严,下有享受。"

无巧不巧,和乌贝尔托同时开展研究的还有另一位人士,他也用同样的一句话总结了他独立完成的调查。他叫费德里科,是个性学家。

LXVII

人说这本《猎兔》里呈现的文字其实是个精妙的隐喻,一步一步,描述的是取得贤者之石的艰难的过程;如果用另一种方式排列它们,就会得到一部浪漫主义小说,剧情是线性的,内容也没什么新奇;它是一份教学材料,其唯一的目的就是潜移默化地培养起孩子对罗马数字的兴趣;它不是别的,仅仅是把各个时代的作家写的关于兔子的东西杂乱无章地汇编到了一起;它是一部政治作品,意图颠覆政权,对同谋者的指示是通过一种预设的密码偷偷下达的;这部书中的人名是一个秘密教派成员的姓名拆拼重组后的生成品;书中的各个片段如果经过合适的排列的话,每段的头一个音节会拼成一句品位存疑的句子,是献给教士阶层的;要是把它大声念出来,录到带子上,把带子倒放,就会得到原版的《圣经》;把它翻译成梵语,它的音韵显然和维瓦尔第的一部四重奏是重合的;把它的纸页塞到绞肉机里,会得到一种极细的粉末,就像蝴蝶翅膀上的那种;它是一份秘密说明书,可以教你叠出兔子形的纸鹤;这一整本书只是个巨大的文字陷阱,是抓兔子用的;这一整本书只是个巨大的文字陷阱,兔子想用它一举抓住所有人类;等等。

LXVIII

　　我们从来没见杂草的咯吱让劳拉如此兴奋过,那是一个星期天,她兴奋得都要疯了。她不再爬了,而是一蹦站了起来,跳着,在原地转着圈,她磨蹭着自己的胸脯和肚子,抱着一棵棵树,叫着,无谓地跳跃着。我们都很困惑,但白痴跟我们解释了,就七个字,同时他轻抚着他的胡子,眼神迷离。"被红虫子咬了吧。"他说。

LXIX

"队长,"我对白痴说,"我们的人都累坏了。"

白痴抹了抹额头上的汗,疲倦地看着我,挤出一个苦笑。

"我知道。"他说。

他叫我下令休息。人们散开了,坐到树墩上或是地上,都把鞋脱了,搓摸着他们龟裂的满是老茧的双脚。

"队长,"我又去找他了,"放弃战斗不好吗?回城堡去?都晃了多久了,没意义地在这儿转圈圈?"

"有一阵了。"他答道,"我放弃战斗已经有一阵了。从很早以前,我唯一在想的就是怎么出去了。"

"指南针呢?"

"疯了,乱指,哪儿他妈的都指。"

"那看星星呢?"

"这他妈的森林里能看到一颗他妈的星星吗?"

队长把他那顶皱巴巴脏兮兮的帽子给摘了下来,生气地扔到了地上。我沉默了几秒。

"当初我们为什么要来呢?"我最终还是问了。

"谁都记不清了。当初是有个敌人要对付的。可到了这会儿,我都不清楚是不是曾经知道过他是谁了。"

"我们曾经还有口号呢。"

"我们曾经相信能够夺取胜利。"

"我们曾经知道我们要什么。"

"我们曾经为了正义而奋斗。"

"那现在呢？"

"现在我们必须继续战斗。和森林战斗。我们真正的敌人是森林。而另外那个敌人呢，我们到这里来的原因，可能从很早以前就消失了。而且我们真能认得出他吗？"

"我们已经损失很多人了。"

"还会损失更多的。"

"那我们城堡里的女人和孩子怎么办？"

"大概已经把我们给忘了吧。大概以为我们死了。大概已经再嫁了。埃瓦里斯托呢？"

"死了。两个月前死的。"

"乌贝尔托呢？"

"也死了。死了得有几年了，我觉得。"

"埃斯特万呢？"

"不是死了就是失踪了。"

"费德里科呢?"

"被野兽咬死了。"

"这森林好像没有尽头一样。"

"大概就是。"

"那城堡呢?"

"真的存在过什么城堡吗?"

队长下令整队前进,用砍刀劈出一条路。有些人已经没法照做了。他们累极了,还发着烧。

"该怎么办呢?"我问道。

"前进。"队长说。作为表率,他抽出砍刀,开始第一百、第一千次在森林里开辟道路。众人在我们身后摇摇晃晃,或是拖拉着脚步。一支废人的军队。

另一个敌人是沉默。

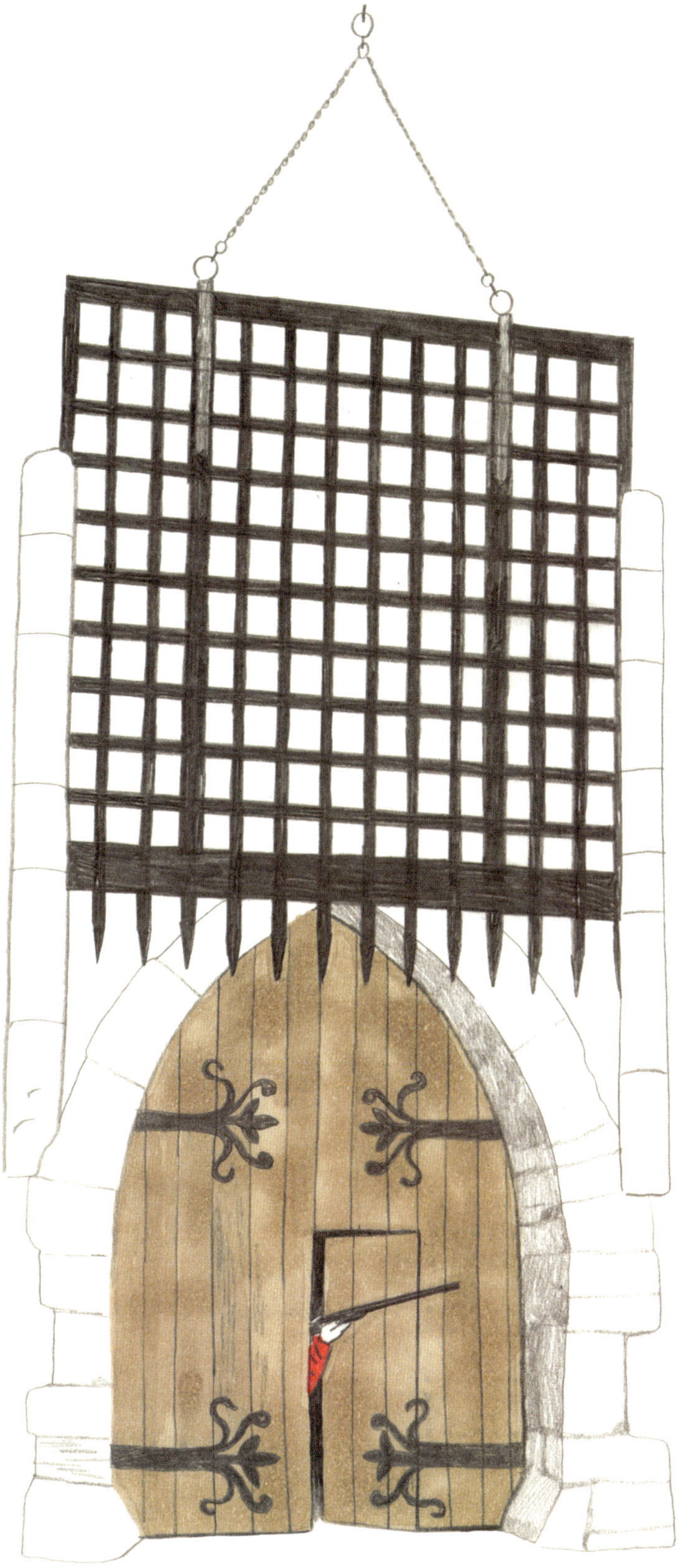

LXX

我们从来没能走出城堡,因为惧怕,因为懒惰,因为舒适,因为意志的缺失。但尽管如此,我们唯一的野心就是到森林里打兔子。我们制定了许多完美的出征计划,但从未实现。我们把最全的猎兔手册给学透了,但我们从来都没敢走出过城堡。

LXXI

恩卡纳西翁夫人发明了一种炖兔子用的酱，里头放了好多精选的食材，美味极了，以至于最后我们常常会觉得，兔子有什么吃头，就单单用那酱蘸面包吃。

LXXII

　　什么样的魔鬼才能杀掉一只兔子呀?有人能想象吗?反正我们打兔子是为了锻炼身子,回头还会把它们原封不动送回去的。它们也知道这事,所以即使反抗也是为了让这种游戏更有意思些,最终,它们还是会乐乐呵呵地让我们给逮住的。

LXXIII

　　白痴是个溅射型生物。要和他讲话，你得保持警惕或是距离。他会不停地射出唾沫球球，这球球还会爆炸。有些球球很大很大，像巨大的彩虹肥皂泡。从他嘴里抛出来后，它们会在森林里轻轻飘动，随着微风，闪过一棵又一棵树。时不时地，就会有哪个观察猎物观察得出神的猎人——他正躲在大树后面，盯着兔子微小的动作，等待着致命一击的时机——冷不丁地就碰上了某个大球球，大球球砰地一炸，他从头到脚就都淋上了浓厚而黏稠的哈喇子。

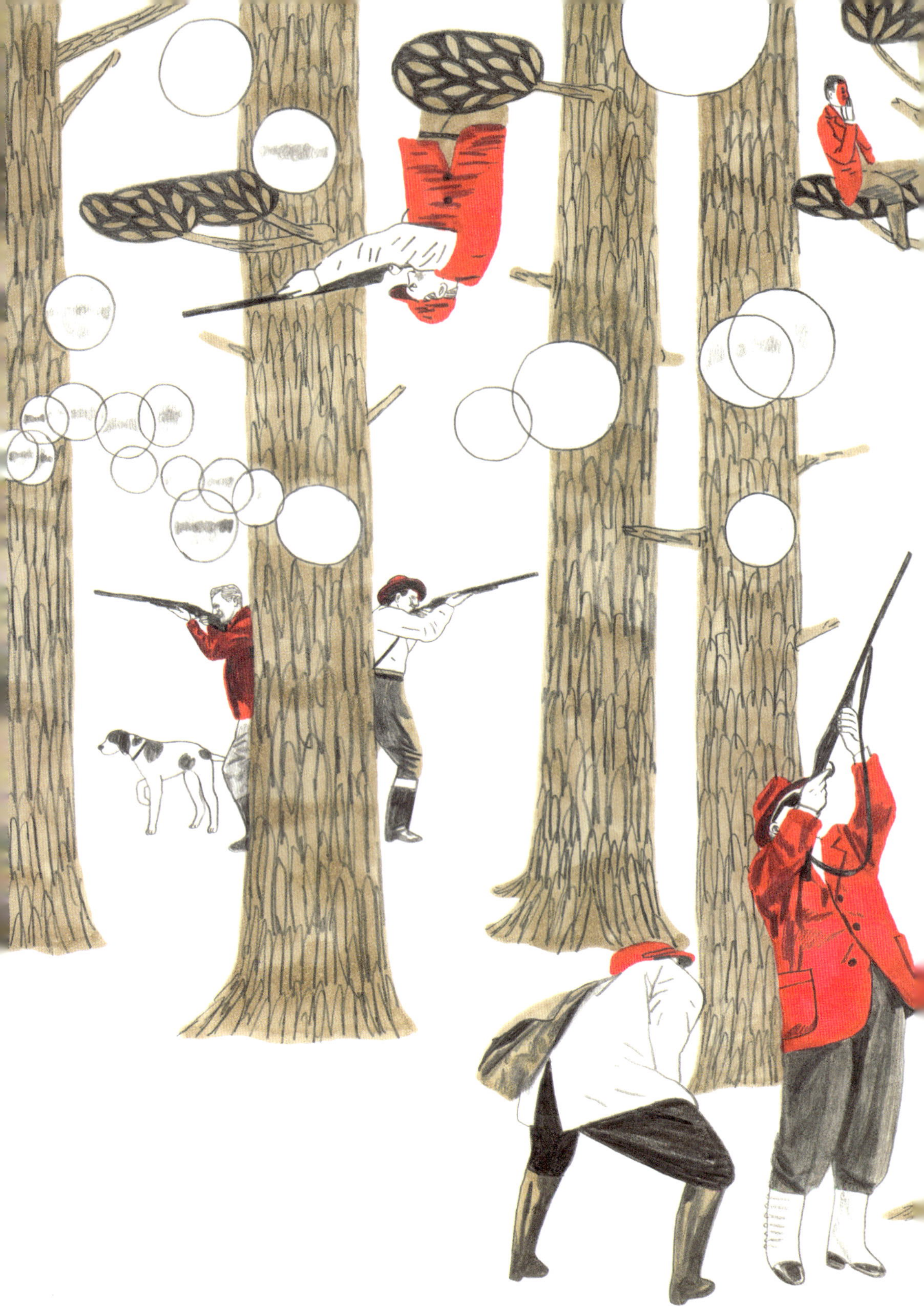

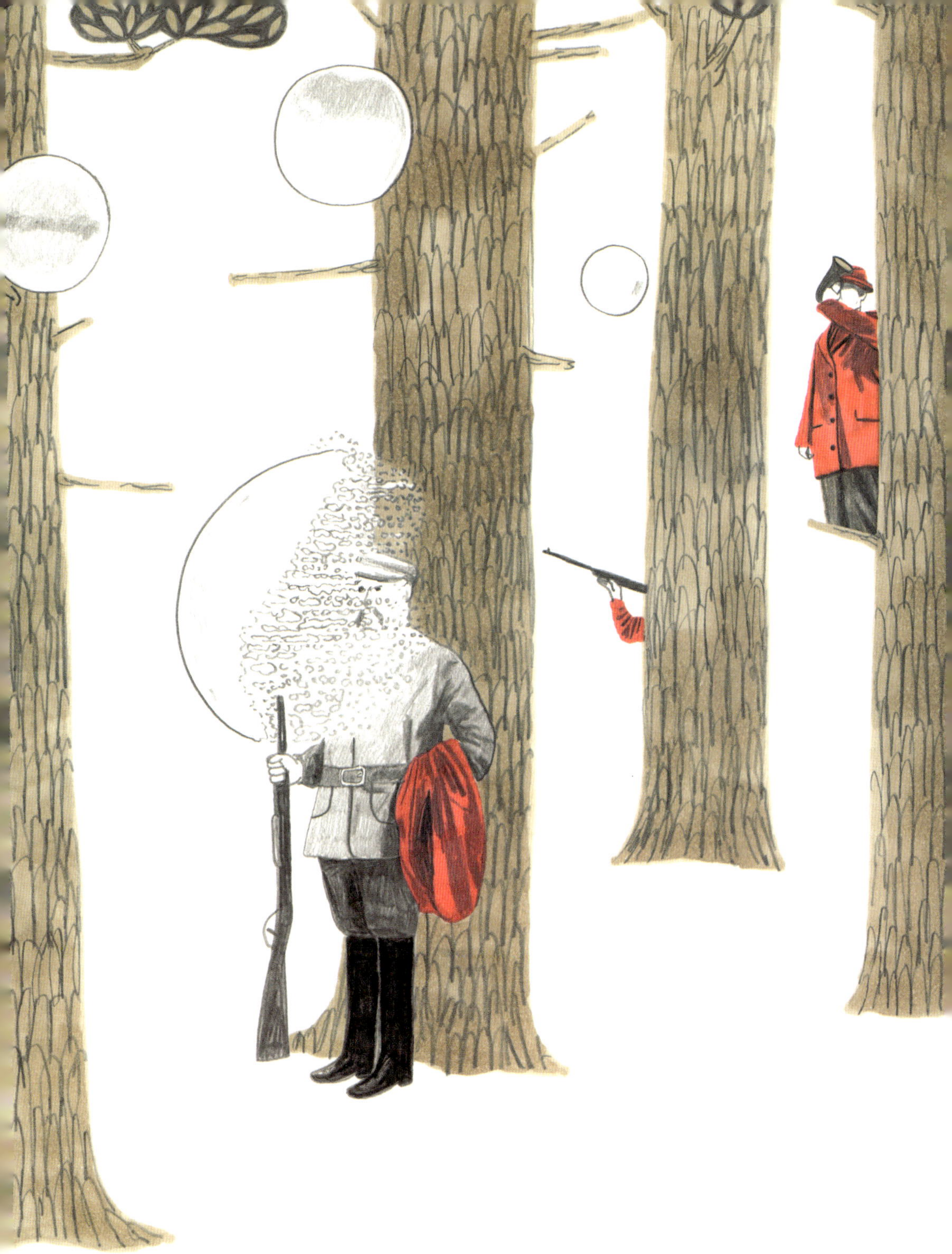

LXXIV

"能请教件事吗？先生，"一只兔子严肃地对我说道，一只脚还踩在我的肩膀上，"咱能不能不糟践兔子了？写写别的不好吗？"

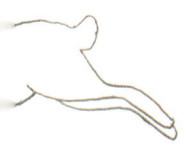

LXXV

此刻，作为唯一的幸存者，我正一个人待在城堡里。我是个穷极了的封建领主，没有同伴没有老婆没有孩子没有仆人，我唯一的财产就是这座昏暗封闭的城堡，它就是我的监牢。在这么多灿烂和喧嚣过后，唯一还在的声音便是那座老得要命的大挂钟的滴答声。这声音叫我愤怒，叫我睡不着觉。但我必须给它上发条；我太希望能够清点出我不幸比人多活出的每一分钟了。而这同样是种陪伴。

LXXVI

　　自从那晚,兔子凭借着数量、体积和力量的优势以及我们的猝不及防,突击占领了城堡,把我们赶了出去,它们就越来越像人了,而森林里的我们则越变越野。

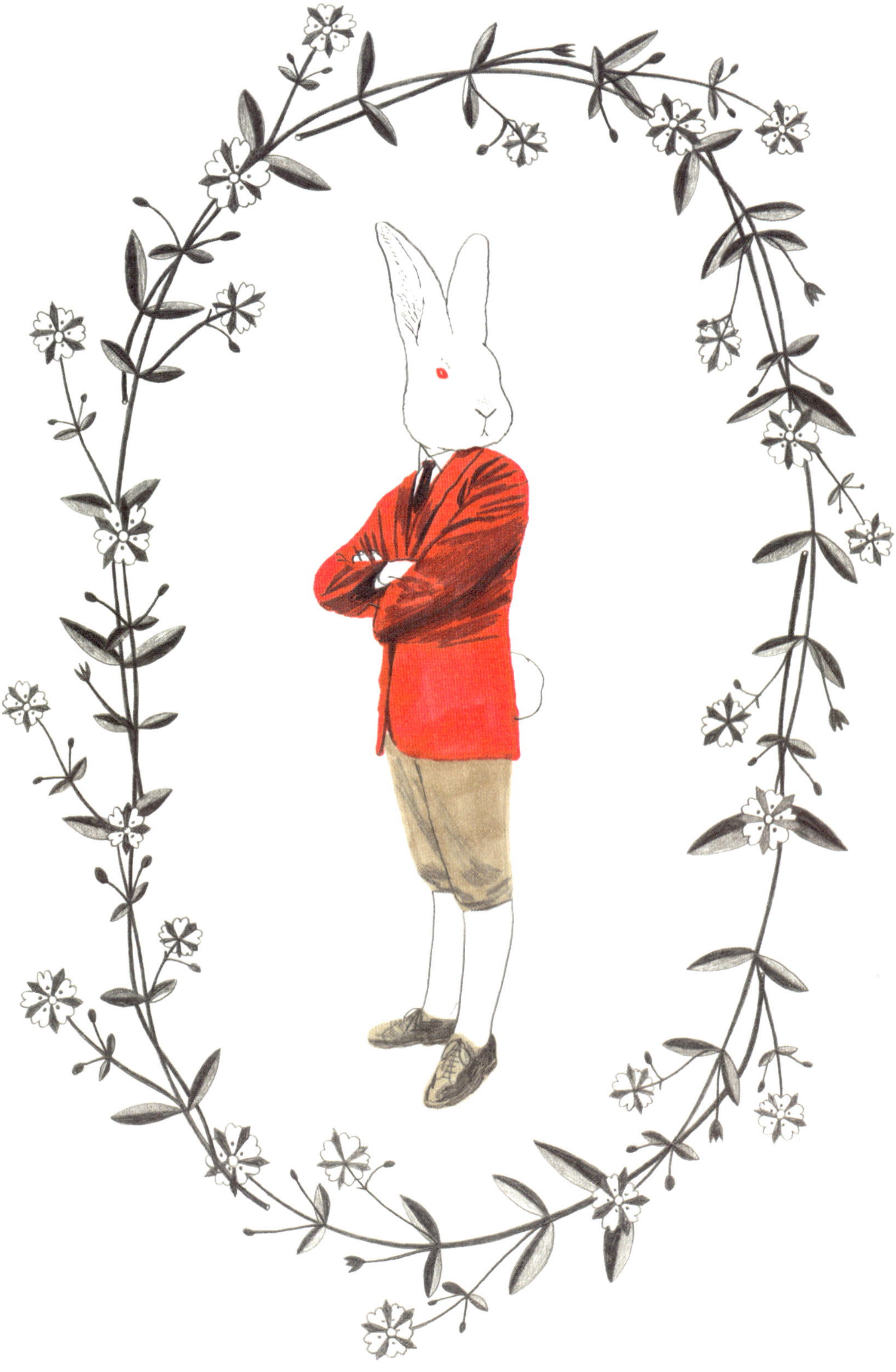

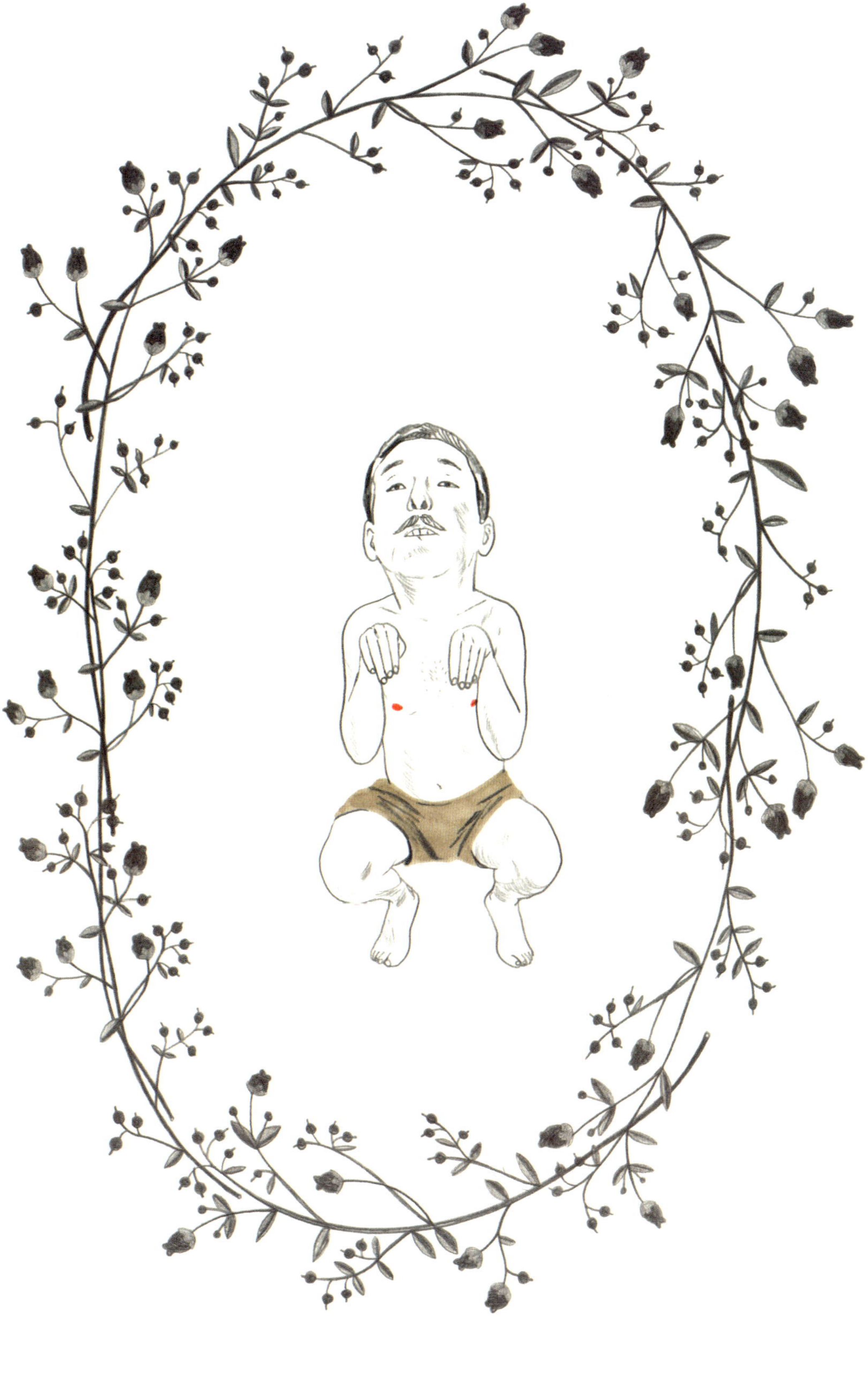

LXXVII

  要写兔子的故事，就一定得蓄出一绺又浓又密的、如丝般的小胡子。然后不可避免地要在床上躺上好几个小时，望着天花板，与此同时，手指就会无意识地，怀着好奇心和温柔，轻抚起那丛新长出的胡须。一段时间之后，手指就会习惯它的存在，继而渐渐地就把它忘却了；而兔子的故事也会自个儿一个个地冒出来，挡也挡不住。

LXXVIII

兔子，无所不能的社会毒瘤，已经彻底摧毁了城堡周边的耕地和花园。我独自待在城堡里，那天晚上我就出去了，借着月光，我感觉自己被千万双红亮亮的小眼睛注视着。我在被毁坏的花园里唯一那朵还安然矗立的玫瑰前停了下来。我跪到了地上，张开双臂。

"兔子啊！"我呼喊道，夜晚用数倍的回声答复着我的话语，"你们掌握着善恶的钥匙；你们是生死的主人；你们是幸运与灾祸的全能织造者；你们夺走了我的财富；我一生的积蓄，如今只剩下这唯一一朵卑微的花儿还站立着。我求求你们了，兔子啊。我毕恭毕敬地给你们跪下了。求求你们，别再碰这朵玫瑰了，别再碰这朵玫瑰了。"

第二天早上，我从窗户探出头去，见兔子已经把那朵玫瑰连同枝干一起野蛮地毁掉了；花瓣和花叶散在地上，弯折着，被千万只恶魔的脚爪粗野地踏过。在它原本站立着的地方，竖起了一尊巨大的泥像，捏的是只兔子，它正看着我的方向，一手不知廉耻地指着生殖器，一手放在嘴边，比着嘲弄的姿势。

LXXIX

在城堡里，我们把所有这些东西都试了一遍：百鬼夜行、神秘主义冥想、中医针灸、纵横填字、室内乐、瑜伽、文学聚会、体力劳动、禁食、心理测试、精致的尸体、轮盘赌、抓 4K、政治斗争、浸浴、自由搏击，等等。之后，我们突然想到，要战胜我们日常的存在焦虑，我们应该去猎兔。于是我们就组织了一次远征，我们装备精良，有一个很完备的计划。

我们抵达森林时，似乎兔子已经在等着我们了。它们为我们献上了草裙舞，用小纸杯端来了可口的饮料，和着小小的夏威夷吉他唱起了美妙的歌曲。随后它们提议互通有无：它们有装满了绮丽的五彩珠子的褡裢；透过它们的小镜子，人能看见自己的脸，看得无比清晰；还有项链和手镯、钥匙圈和小折刀，都镶嵌着螺钿。我实在抗拒不了，就用我的猎枪换了个透明打火机，里头还漂了个假的鱼雷艇，像渔民用的那种。

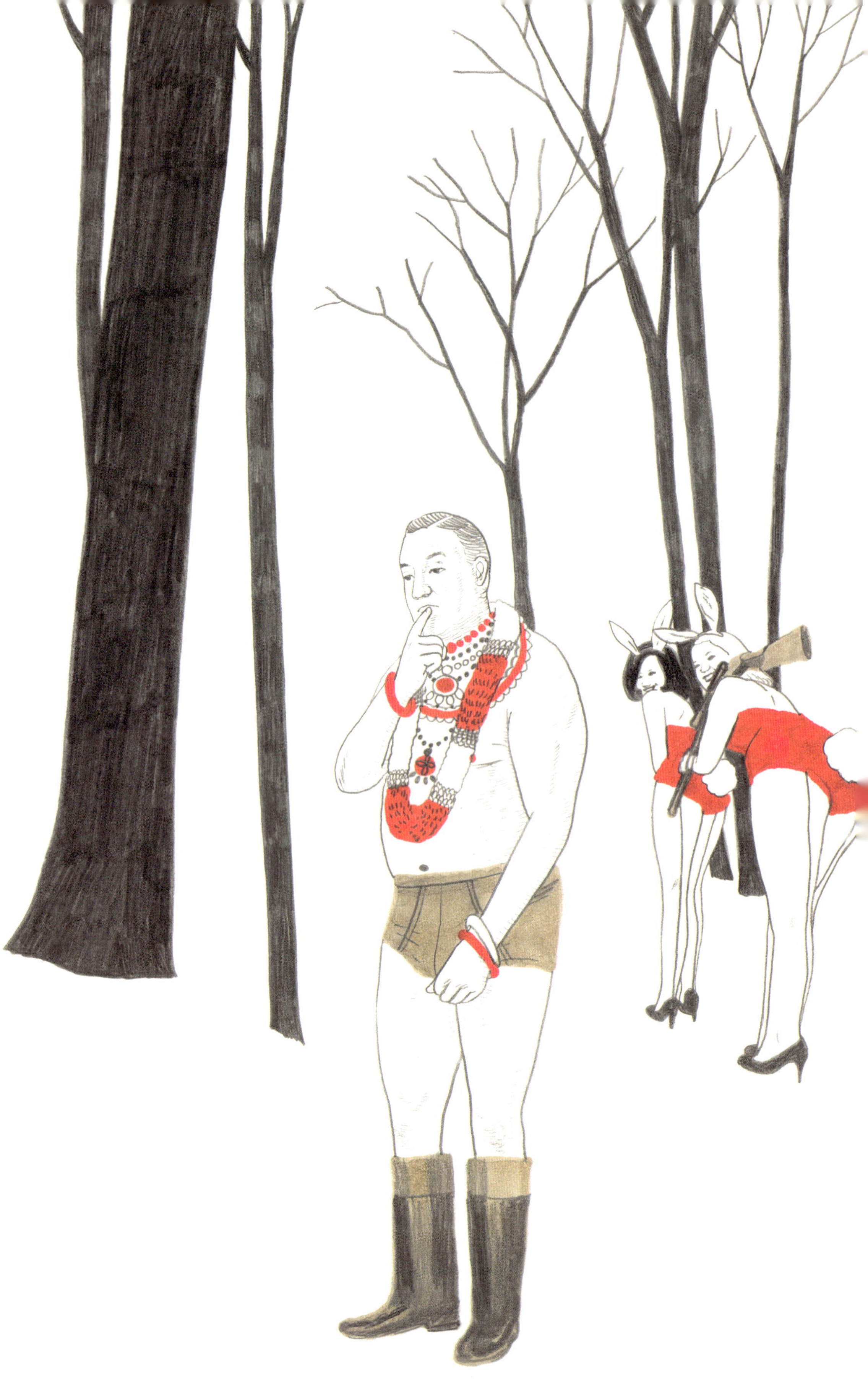

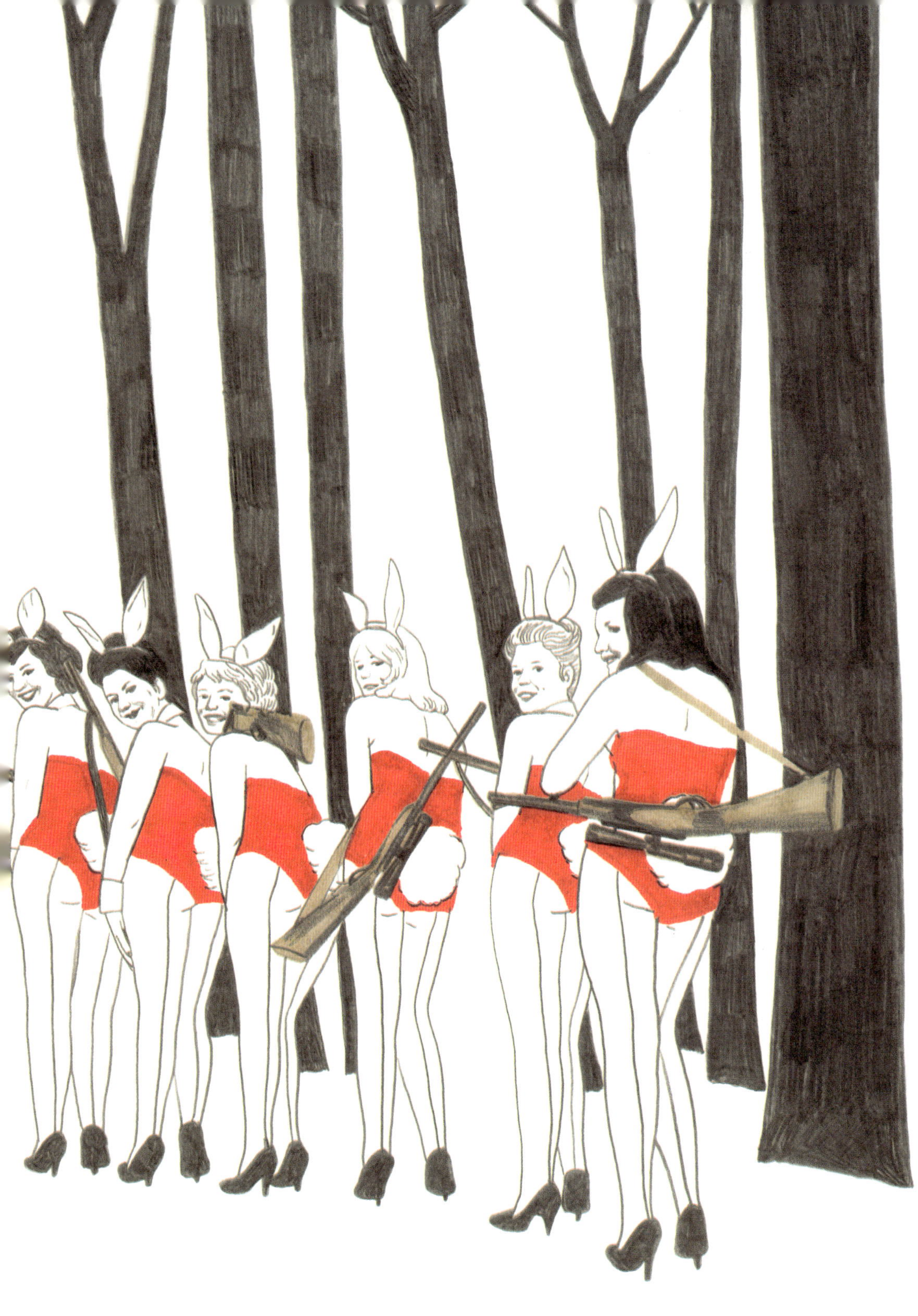

我们所有人都是光着回到城堡的，背着各种闪亮的新奇的物事，有给我们自己的，也有给我们的女人的。

第二天早上，我们醒来时都怀着一种令人不安的确信：我们被骗了，像群十足的蠢货。

LXXX

兔子只有一个弱点：它强大的母性本能。如果说它长久以来被训练出的对人类的不信任感已经不容许我们用其他方法，比如武器和陷阱，成功打到它了，我们还有一个很极端的办法，屡试不爽：我们会让侏儒穿上婴儿的衣服，然后把他装进一个小柳条筐子里，扔到森林里。他的小衣服里藏着一把点 45 口径的手枪，他很难不带回来好几打的死兔子。

LXXXI

我们一直没能让白痴明白,兔子是个什么样。

"兔子耳朵很长的。"我们告诉他。他带回来一头驴。

"体型很小。"他带回来个跳蚤。

"就跟小狗那么大吧。"他带回来条小狗。

"是啮齿动物。"他带回来只老鼠。

"它们生活在森林里。"他带回来一条蛇。

"总共有四条腿。"他带回来个桌子。

"跳着走路。"他带回来只袋鼠。

"它们又白又温柔,又可爱又性感,摸着软乎乎的,身体还一跳一跳的。"他把他的小表妹阿盖达给带来了。她的心脏上穿着一根精准的箭矢。

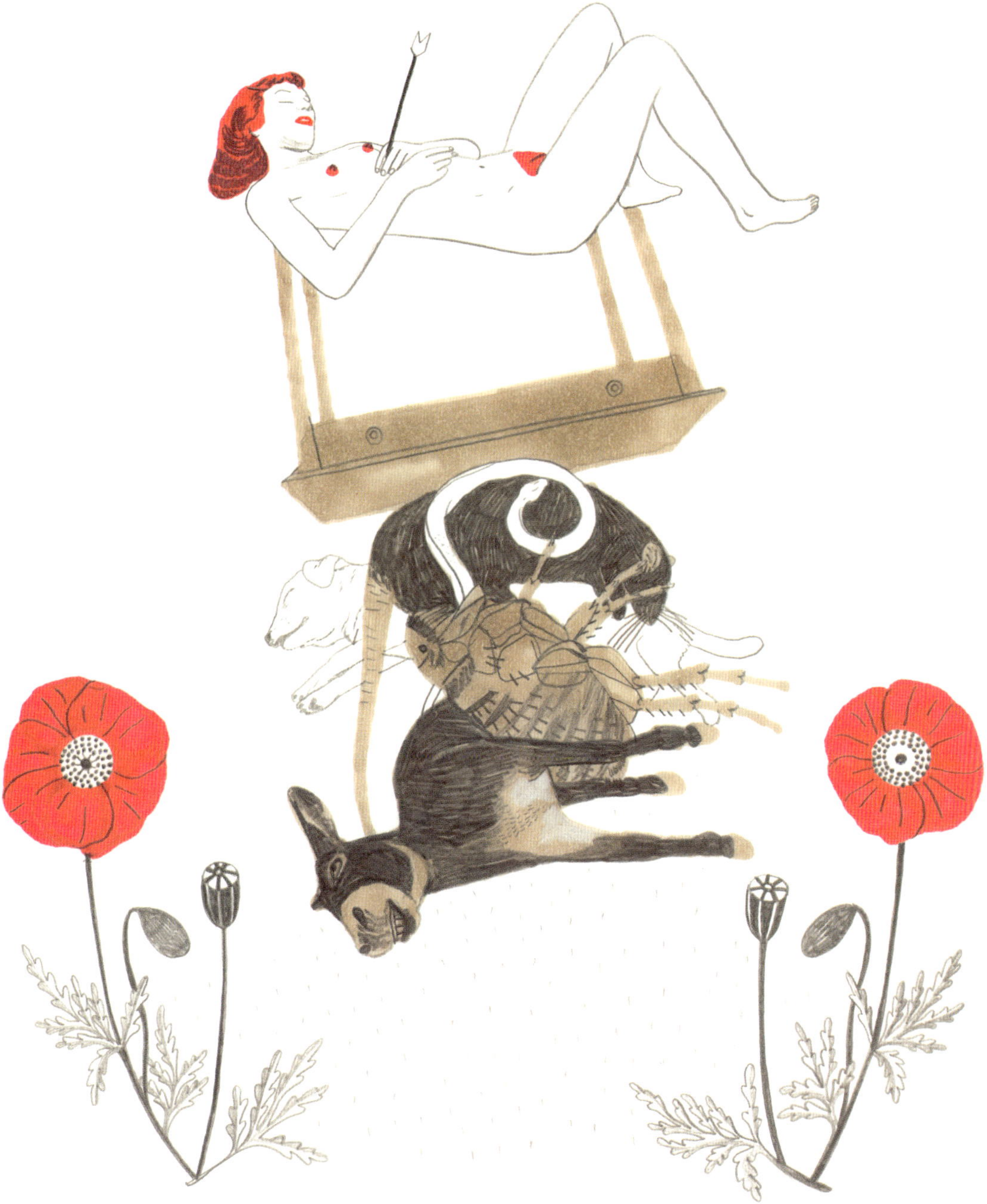

LXXXII

兔子的繁衍能力是如此惊人,以至于森林里的告示上写的都是,预防其在极短期内灭绝。

LXXXIII

  我们到森林里去打兔子的时候，太少有机会真的碰见一只了，以至于哪次我们真发现有只兔子在草丛里跑了，我们所有的猎人立马都会对着它开火，把它打得千疮百孔、遍体鳞伤；经过我们的猎枪和机关枪的这顿齐射，那只兔子都不剩什么了，我们只得无比挫败地返回了城堡。

LXXXIV

兔子太让我们反感、恶心和害怕了。所以假使我们在去森林猎象的路上偶然碰到了一只兔子，它一定能够唤醒我们心中那种既雅致又原始的残忍。我们会迅速地在空地上支起个木头十字架，把那只兔子的手脚钉到上面；我们会在它不洁净的头顶放上顶荆冠，然后围着一圈坐下，看它在未来的几个小时里如何垂死挣扎，与此同时我们还要吐它唾沫，骂它最难听的话。

LXXXV

我们的孩子每次都会跟我们一起去打兔子，结果就从兔子那儿学到了一个意义不明的词。它是个形容词，可以无差别地修饰各种各样的名词，无论当时的语境是什么。这词叫"秃嘞"。白痴秃嘞，城堡里新装的帘子秃嘞，奶咖秃嘞，焦油渍秃嘞。

管道工埃瓦里斯托在他闲暇的时候是很热衷于语言文学的，他花了很长时间来研究兔子的语言。他最终发现，孩子们老说的这个形容词"秃嘞"其实是从兔子交流时所用的唯一一句话变来的，兔子在讲这句话的时候，还得做出伤心摇头的动作：那是英语的 too late（太晚了）。

LXXXVI

我们城堡深处的园子里有棵非同一般的奇树,它结的果实是兔子。

春天里,它满树都是大大的、白白的花儿。快到夏天的时候,兔子就将近成熟了。我们只要伸手,把它们摘下来,直接扔进锅里就行。

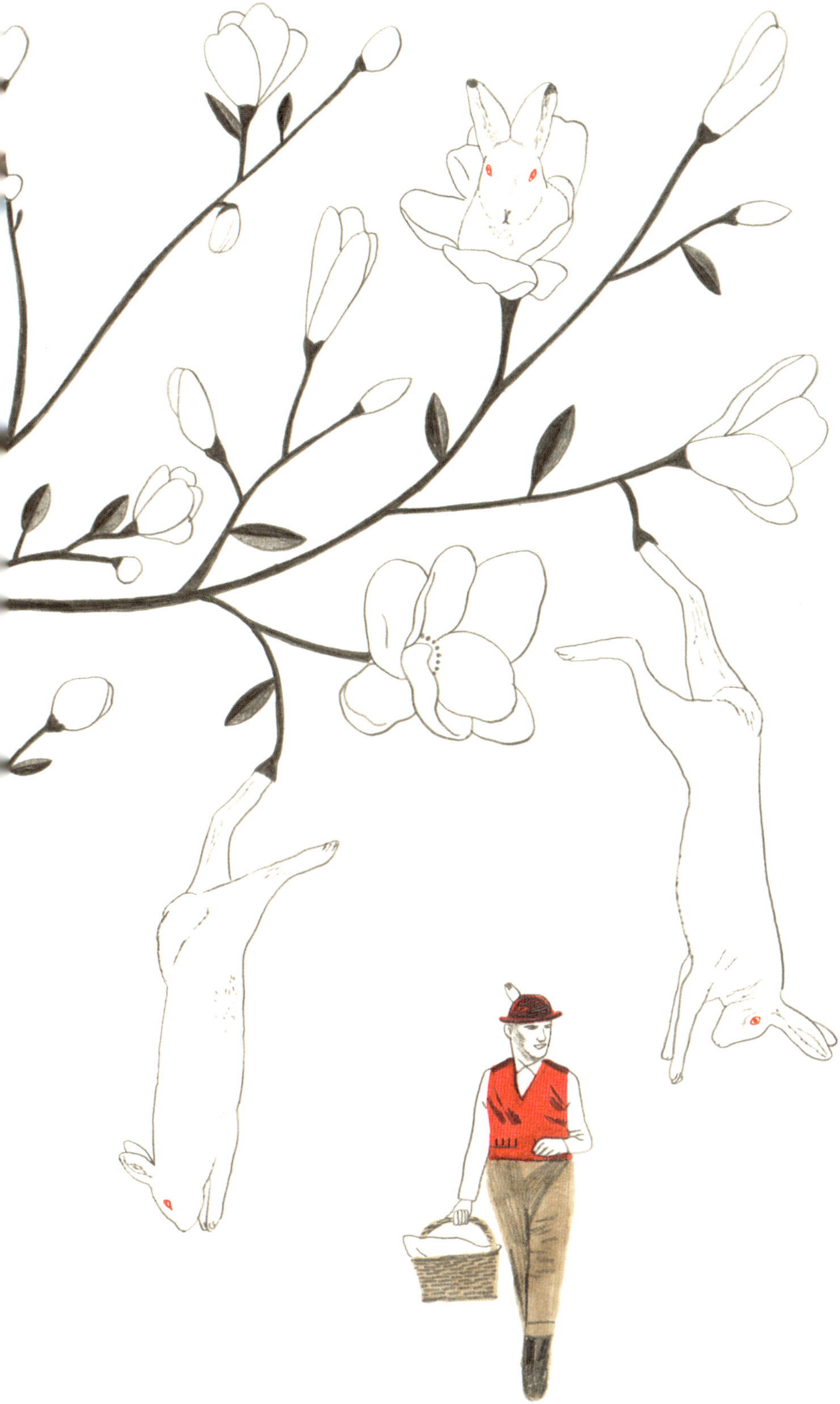

LXXXVII

在种群影响的互换作用下,随着时间的推移,护林人渐渐地就变成了兔子,而兔子变成了白蚁,白蚁变成了胡萝卜,胡萝卜变成了猎人,猎人则变成了护林人。生态平衡是必须小心遵守的。

LXXXVIII

"我们是不可能的,"劳拉对我说,"我是一城之主,身边都是珠宝和用人,你能看多远,我的领地就有多大,比这还要大。而你呢,只不过是林子里的一只又脏又穷的兔子。"

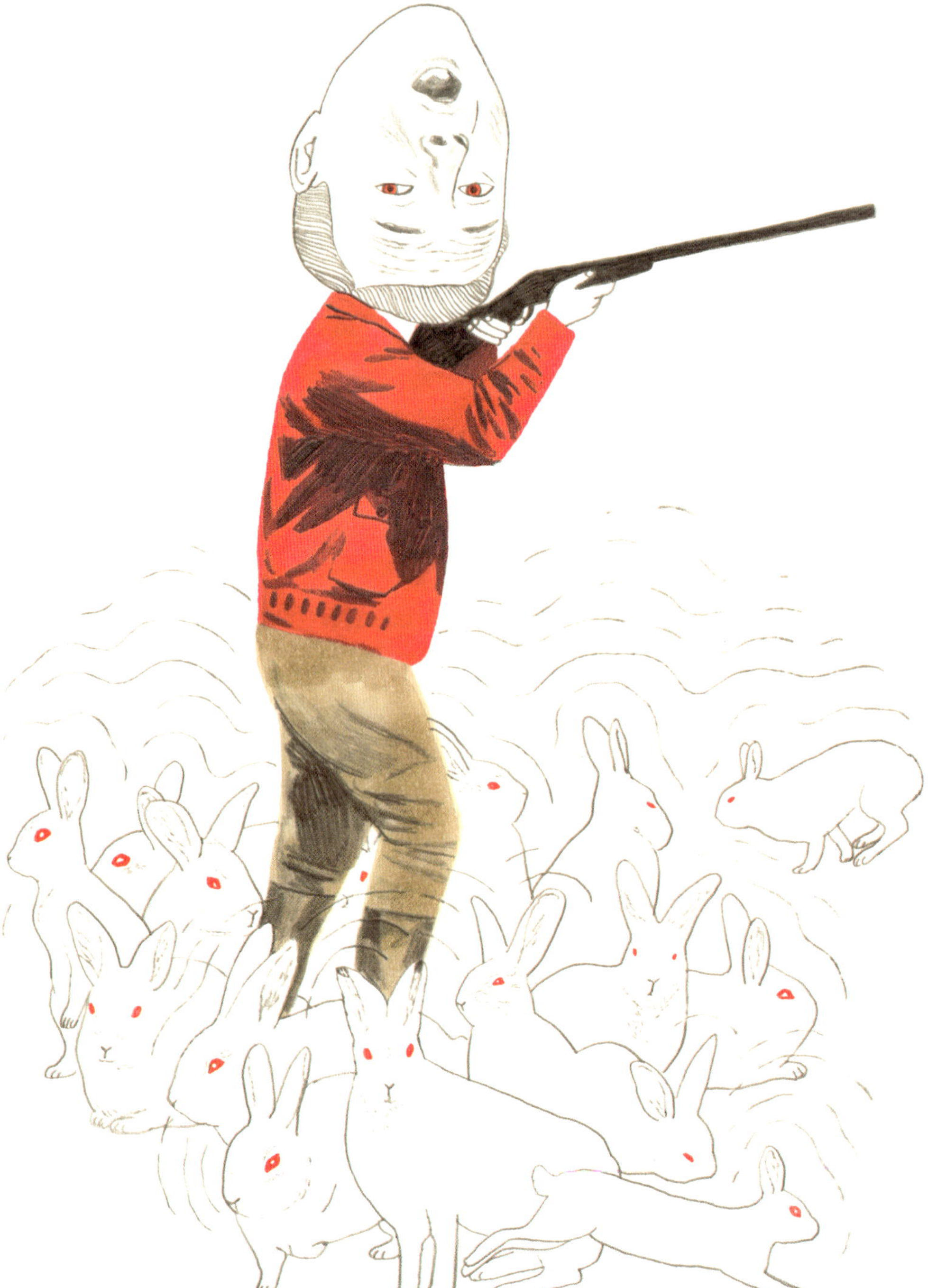

LXXXIX

猎人自信他们无论是在基因、数量还是武器配置上都要强出一截,就看不起兔子,看不起它们显然缺失的防御力。然而,兔子会发出那种单调的嗡嗡声,几乎没有升降,所有兔子一起,还不带停的。几个钟头之后,猎人就疯了。

XC

兔子的幸福终结了，这个物种开始堕落了，也许是受到了白痴的影响。它们开始模仿他的自渎、他的唾沫球球，开始向全世界喷射。几代之后，它们长出了犬齿，后来就起草了个理性主义宣言。

XCI

渐渐地，几乎难以察觉地，兔子开始统治我们了。它们把我们困在了这座肮脏的城堡里，让我们痛苦地活着。它们通过娴熟的宣传技巧，又或者是通过武力，强迫我们生产和消费一系列我们实际不需要的东西。我们旧日顽强和开朗的猎人血脉已经变成了一幅黯淡无光的讽刺画。我们还保留着自己的服饰和红帽子，可我们已经不打猎了，实质上，也不做任何值得做的事。

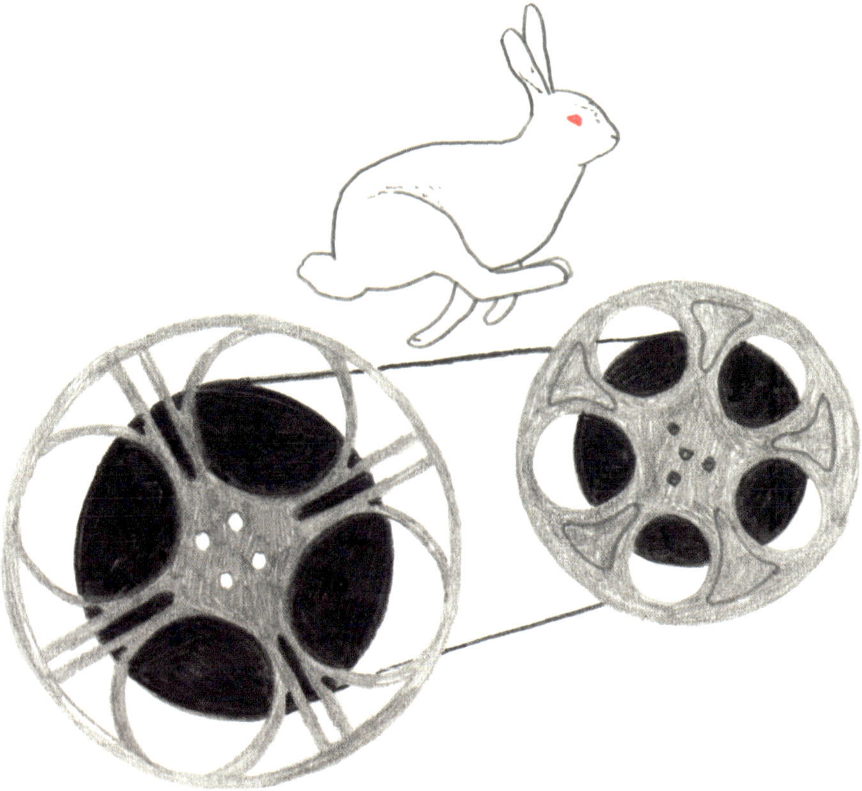

XCII

每当我们的社区影院播放哪部优美雅致的关于兔子的电影,放映厅里就会坐满了这些讨厌的动物,它们的气味令人作呕,地毯都被它们的油脚给糟蹋了。片子还在放着呢,它们就会大声嚼起胡萝卜,或是高声评论,全然不顾其他观众的感受。它们还会开下流玩笑,在影片最动人的桥段轰笑起来。最糟糕的是,它们一边穿大衣——或是挽着它们女伴的胳膊——一边出来的时候,还得听它们品头论足。"我就在想,它要传达的信息在哪儿呢。"它们通常会这么说。

XCIII

  我们的城堡安电灯了，还有冰箱、洗衣机和电视，以及其他一些零零散散的设备，多亏了兔子。真是这样：因为附近没有河么，我们就造了个环形大笼子，就跟搞笑的仓鼠笼子是同一种，只是要比它大得多。兔子在企图逃跑、从而使笼子绕着中轴转起来时所产生的力，被我们合理利用了，我们把它转化成了电能，储存在一个蓄电池里，给城堡的各项设施供电。我们没有任何成本，甚至不需要给兔子喂食。因为它们的繁殖能力惊人么，一旦有哪只饿死或累死了，就会很快换上另一只，去森林里抓一只来就好了。

  有时候我们挺不明白的，为什么兔子要在笼子里一直跑呢。而我们总是自问自答：蠢得没药救了呗。

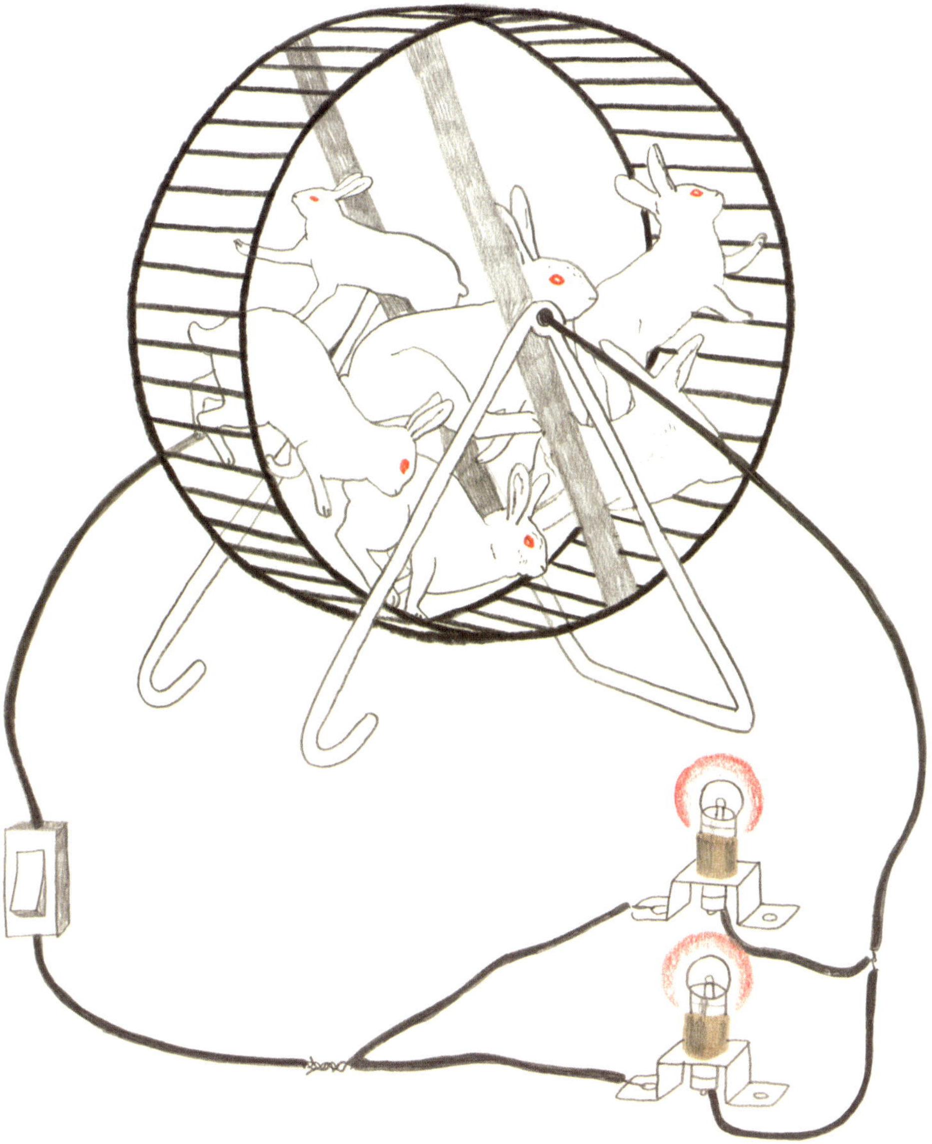

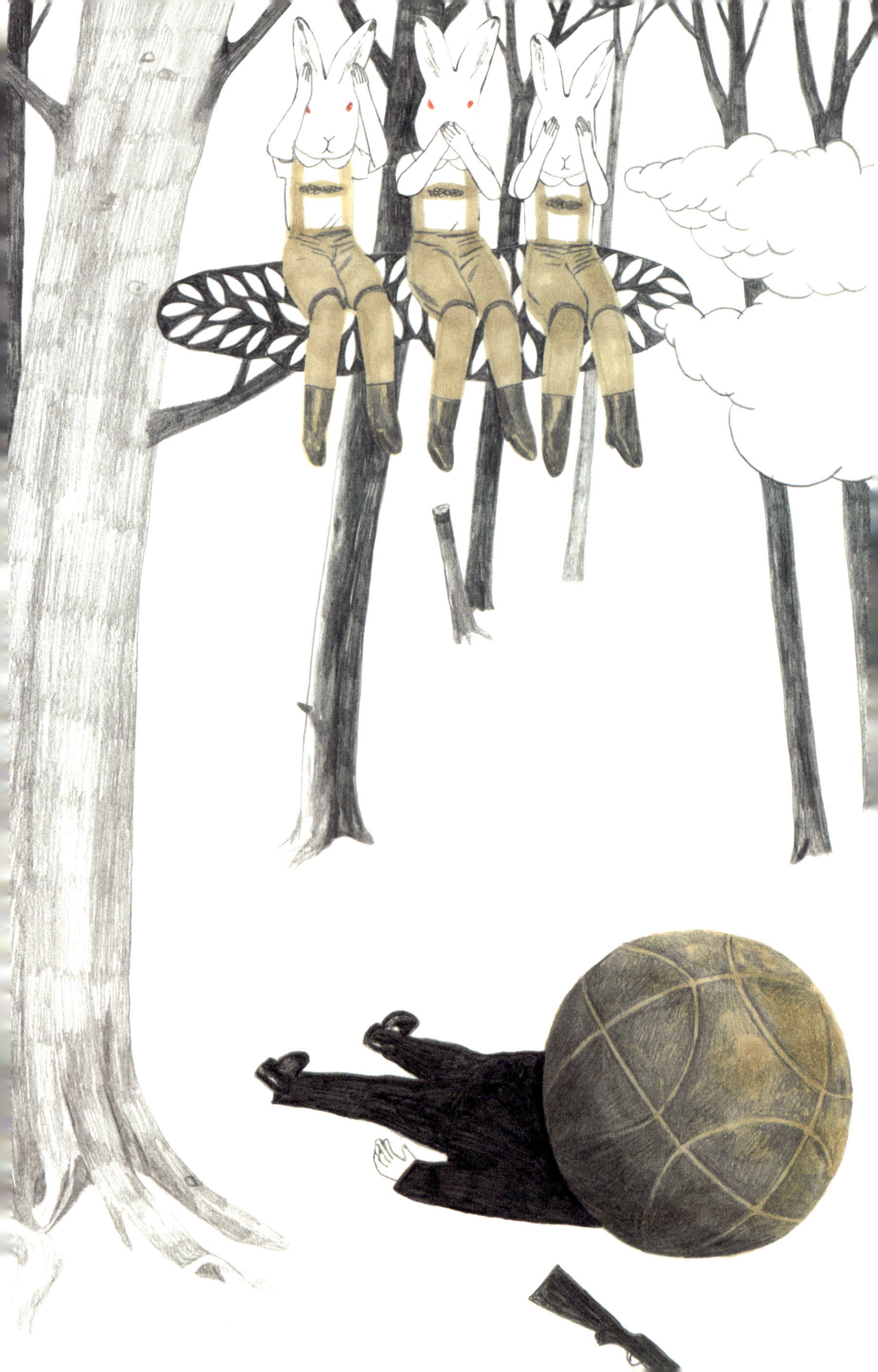

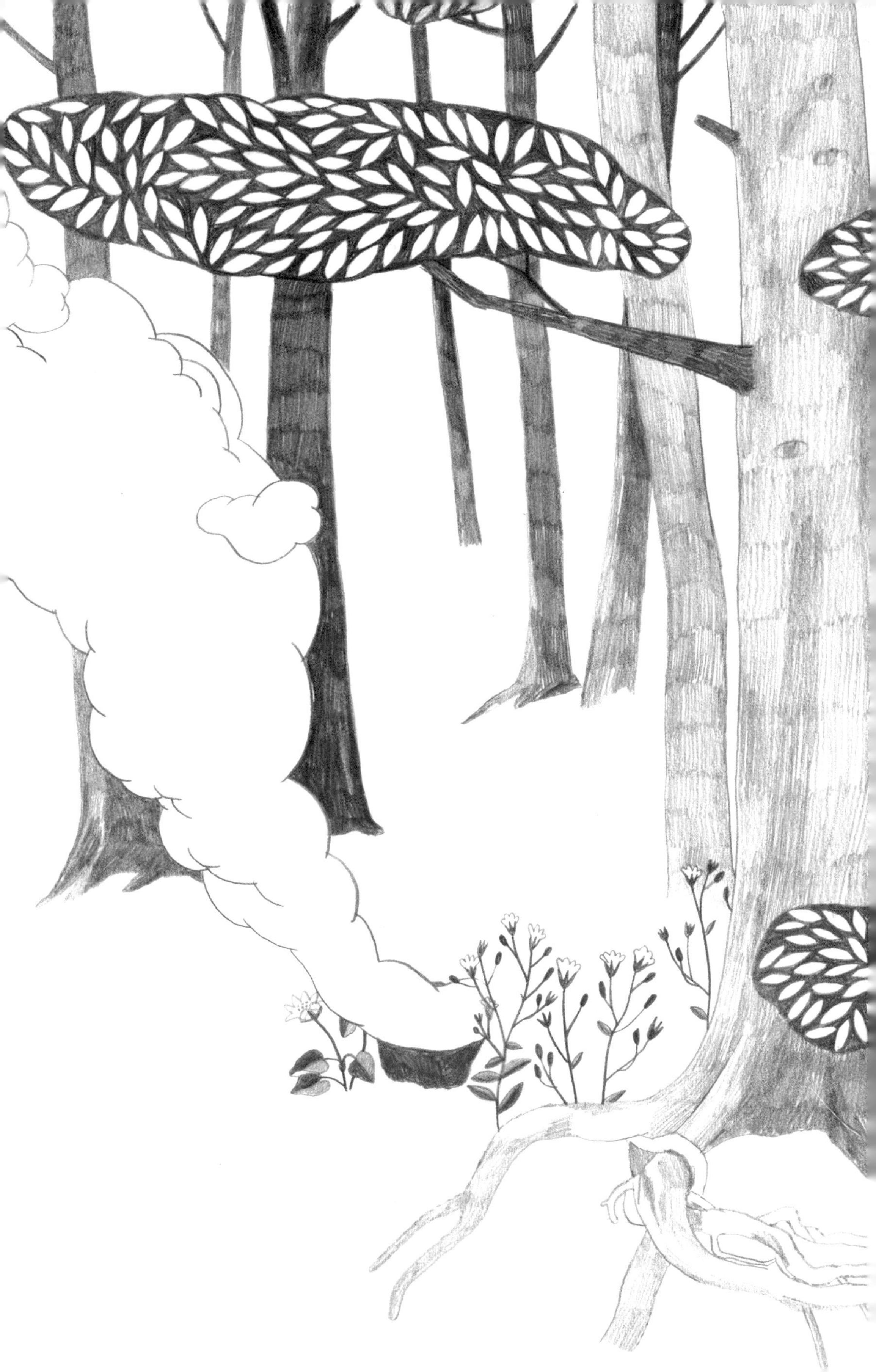

XCIV

  打兔子的一个很有效的办法是找到它的巢穴，在洞口生堆火，再往里加上些木头和绿叶，这样烟就更浓了。只要用扇子或风箱把烟往里吹吹，不几秒钟，兔子就会出现，一个个都透不过气了，在不停咳嗽，眼睛里全是泪。猎人很轻松地就把它们逮住了。

  但似乎最近兔子学到这招了，结果用上这招的猎人反而会挺危险。真是这样：有些兔子会在很远很隐蔽的地方再挖出几个出口，一闻到烟味就从那儿逃出去。它们会绕上一大圈，爬到猎人背后的树上，他还在那儿趴着呢——可劲儿扇着，或是拉风箱拉得起劲——而在树上的兔子们会齐心协力轰破他的脑袋，用一个巨重的木球，或是一块大石头，又或者是一发炮弹。

XCV

  有个品种的兔子长得特别小,它们最爱的巢穴是白痴的表妹阿盖达。她几乎每时每刻都躺在烟囱附近的那块地毯上,两腿微微打开着。你可以坐在稍远点的地方,假如你有耐心,外加别出声,稍过一会儿,你就会瞧见一个个白色的、不安分的、耳朵长长的小脑袋开始探出来张望了。

  阿盖达仇恨猎人,她会护着她的小兔们。她手边总有桶水,是用来浇灭某些狂热的猎人生起的火的。而小兔们知道她在保护自己,有时都会扎堆聚在巢穴门口,托着个腮帮子,鄙视地看我们经过,这时候,它们的小圆眼睛里就会写着一种阴险的满足。

home sweet home

XCVI

"从前有段时间呐,"一只老兔子告诉我,"这片森林里全是护林人。见他们一个个穿着亮闪闪的制服,在草丛里闹着,那可太叫人高兴了。如今时代可变喽。你就死了这条心吧,你一个护林人都找不到的,你这样真能找上一辈子。"这套兔子装可做得真不错,但无论如何我也不会上当的。"来吧,护林人,"我对他说道,语气里带着点保护者的优越感,"请你去酒馆喝两杯吧。"

XCVII

为了给森林里的乌鸦和鬣狗树榜样,我们有时候会把我们孩子的骸骨挂到几个阴森森的绞架上。

XCVIII

比起兔子,劳拉更喜欢男人。我们去森林打猎的时候,她就会躺到草丛里,等男人来占有她。住在森林里的野男人的能力是非同一般地强,很会抱对,和我们兔子猎人很不一样。老是坐在城堡里的我们已经变得苍白、虚弱、肥胖、笨拙,准确说有点娘娘腔。

XCIX

我们训练了只兔子，把它打扮成了一头会跳舞的熊，把它卖给了马戏团。他们给了我们很多钱、所有演出的免费票，以及他们多出来的一个大胡子胖女人。

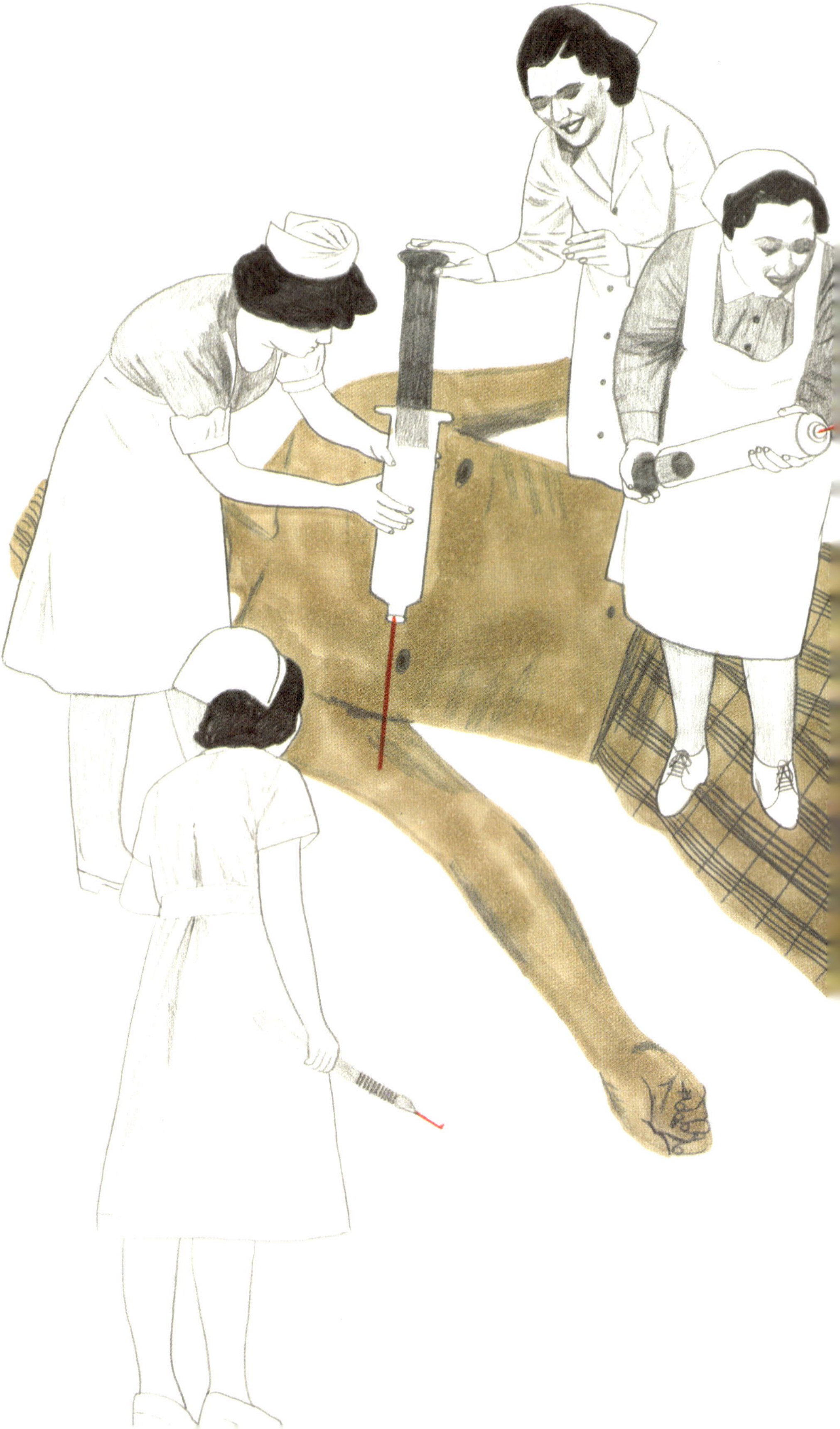

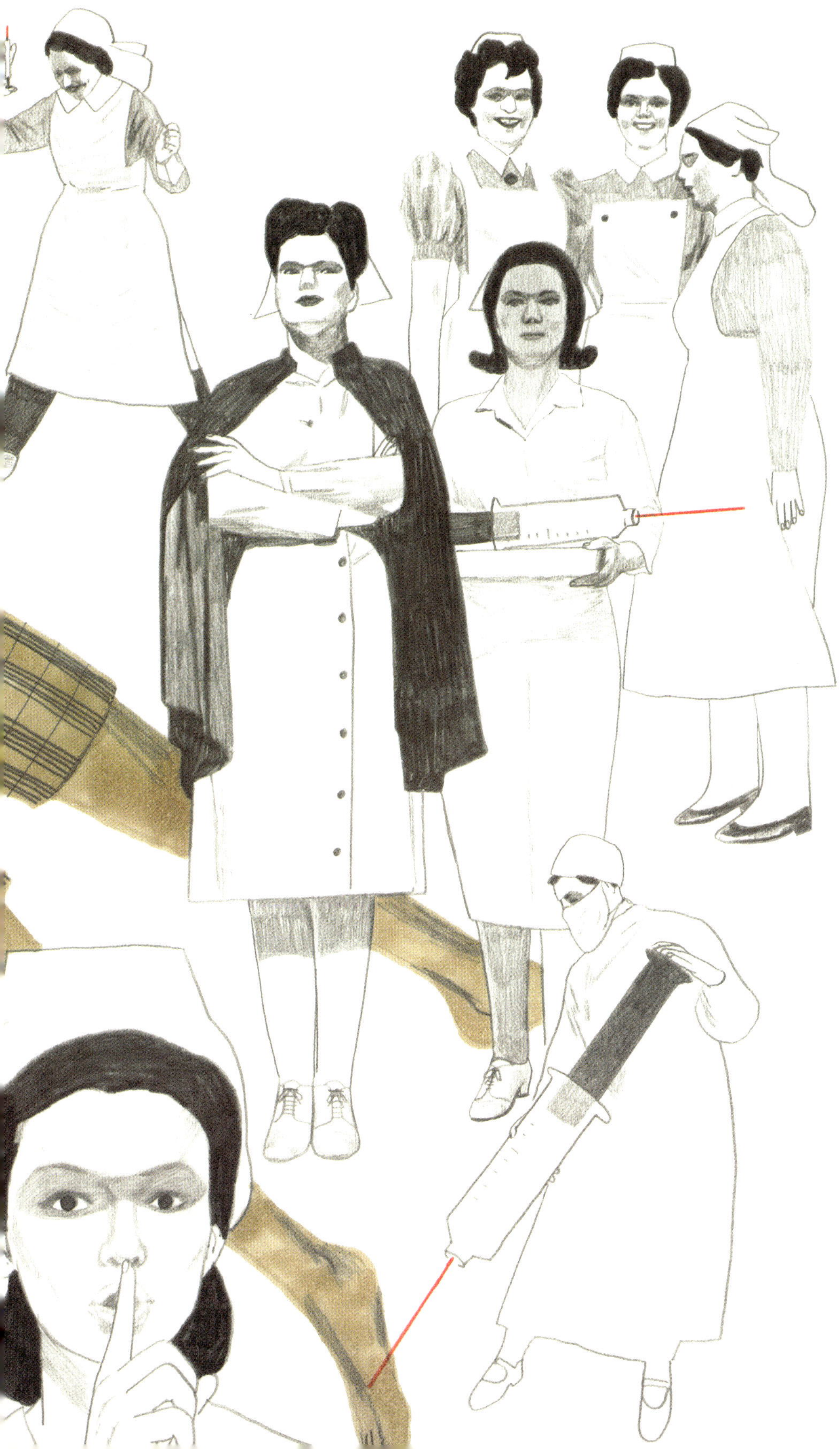

C

  我感觉腿上针扎似的疼。开始我没当回事,想着是穿着猎人的衣服、戴着红帽子的蜘蛛射出的无害的小飞镖。但后来,我又痛又晕,都晃荡着要倒了,就在那一刻——我的视线尚未彻底模糊——我看到了那群小护士,她们穿着白大褂,脸上挂着恶魔似的奸猾的微笑,正用无数支针管向我的皮下注射着黄蜡蜡的、会产生巨痛的、致死的毒药。

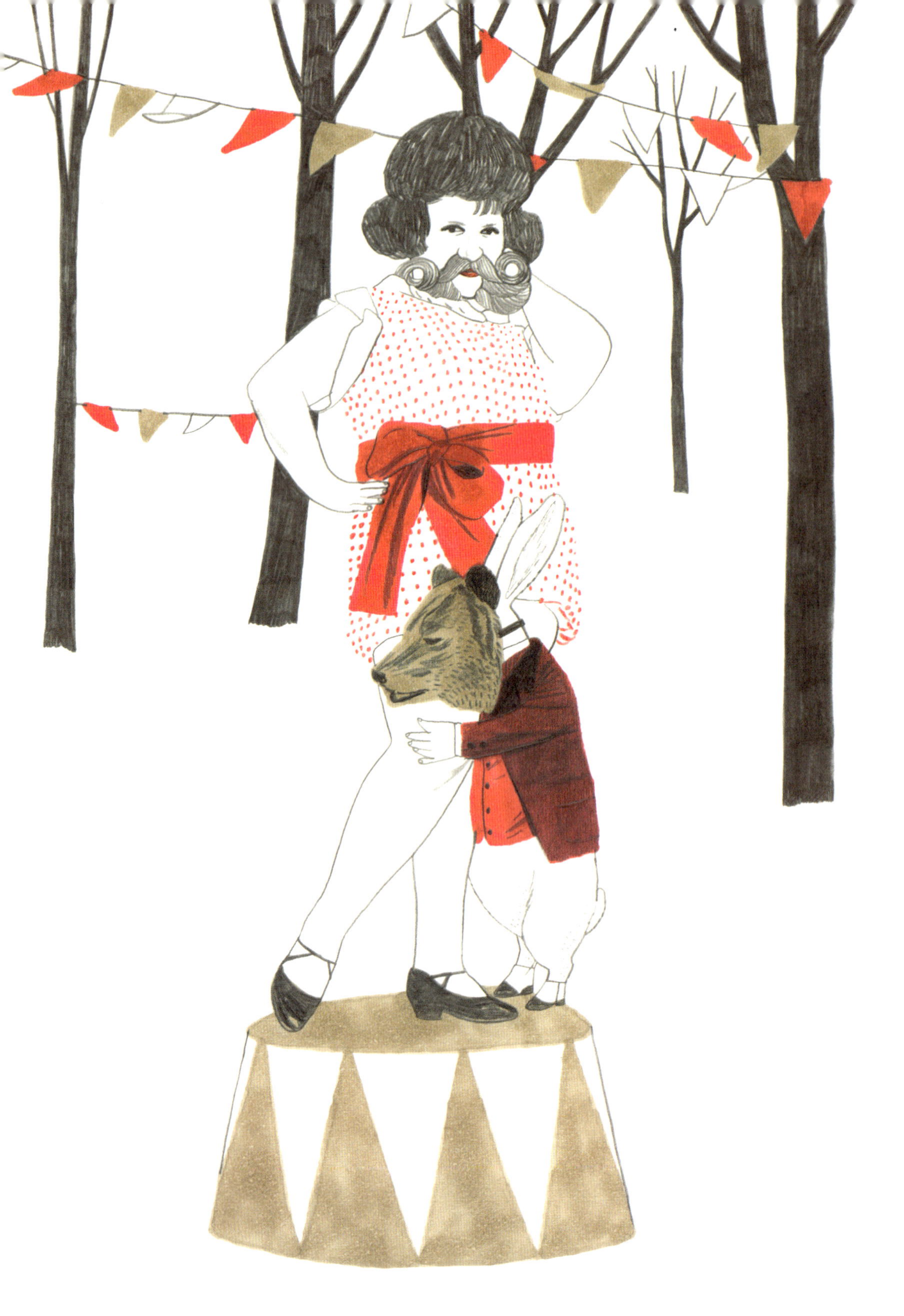

尾声

  我们有好多人，谁都没想按照命令做。有单独行动的猎人，也有两人一组、三人一组或十五人一组的。所有的细节都预见到了。我们有一个很完备的计划。到了无边无际的大森林里，白痴举起一只手，下令分头行动。劳拉是光着去的。其他人则空着手。还配了猎枪、匕首、机关枪、大炮和坦克。我们戴着红帽子。那是一次精心组织的远征，领头的是白痴。我们去猎兔了。

一九七三年三月